日暮れのあと

小池真理子

文藝春秋

目次

ミソサザイ 5
喪中の客 39
アネモネ 71
夜の庭 109
白い月 147
微笑み 183
日暮れのあと 221

日暮れのあと

カバー写真　長田果純
装丁　大久保明子

ミソサザイ

朝から夏の光が猛々《たけだけ》しかった。時折、雲が太陽を隠し、すうっと不吉な感じのする影が落ちる。とはいえそれも束の間で、たちまち雲は流れ去り、あたりは再び眩《まばゆ》い光に充たされる。緞帳《どんちょう》がするすると上がり、煌々《こうこう》と照らされた明るい舞台が目の前に現われたかのようである。

石田《いしだ》武夫《たけお》が代表経営者になっている「いしだ屋酒店」は、その日、定休日で、家には誰もいなかった。

近年、柄にもなく俳句を始めた母は、仲間たちと連れ立って鰻《うなぎ》を食べに行った。食べ終わったら句会に出るので、帰りは夕方遅くになるという。八十も半ばを過ぎたというのに、心身ともに頑健で、あの元気さはどこからくるのか、と武夫はいつも不思議に思う。

東京の出版社に勤めている娘は、一昨日、夏休みをとって帰省してきた。妻と娘は、妻の運転する車で、郊外にある大型ショッピングセンターに出かけており、これまた帰りは遅くなるらしい。

一人で過ごす休日は快適だが、どういうわけか時間をもてあましてしまう。髭《ひげ》をそり、着替えて出かけるのは面倒くさい。かといって、日がな一日、ごろごろし、漫然とテレビを観続けていたら、かえって疲れが残ってしまう。武夫は珍しく、納戸の整理をする気になった。

代々の血筋だと思っていたが、大学時代から交際を始め、結婚した妻までもが、片づけたり処分したり、ということが得意ではない。妻も母親も、たまに東京から帰ってくる娘も、捨てられないものを次から次へと納戸に放り込んでしまう。そのため、納戸の床は、いつも足の踏み場がなかった。

女たちの日頃のだらしなさに舌打ちを繰り返しながら、古簞笥《ふるだんす》の脇の隙間に押し込まれていたマガジンラックを引っ張りだそうとした時だった。ラックと、奥の壁との間に押しつぶされるようにして、埃《ほこり》まみれの厚手の本が転がっているのが見えた。

流れ落ちてくる汗を首から垂らしたタオルで拭《ぬぐ》い、腰をかがめて手を伸ばした。『日本の野鳥』と題された古びた図鑑だった。栞《しおり》代わりに、スーパーの特売広告を短冊に切ったものが間に挟まっている。

かれこれ二十数年前、その図鑑でミソサザイの項目を調べたことを彼ははっきり覚えていた。調べ終えてから、手元にあったスーパーの特売広告を太い短冊形に切り、ページの間に挟みこんだことも。

タオルで埃を拭い、図鑑を開いた。栞が挟まれたページには、焦げ茶色の愛らしい、尾をぴんと立てた野鳥のカラー写真が載っていた。

ミソサザイ。スズメ目ミソサザイ科。美声で囀《さえず》る褐色の小鳥。沢沿いの林や苔《こけ》の多い崖などを中心に棲息……。

ふいに彼の耳の奥に、ミソサザイの澄んだ鳴き声が響きわたった。

それは山の麓《ふもと》の、渓流沿いに建つ旧《ふる》い火葬場だった。裏手には、雑木林が拡がっており、どこにいるのやら、姿は見えないが、あちこちでミソサザイが、ちりちり、ちぃちぃ、ぴゅるぴゅる、声の限りを尽くすように、甘く愉《たの》しげに甲高く鳴き続けていた。

「いやだわね、こんな時に」と母が位牌を手に、ハンカチで口をおさえながら言った。泣きすぎて顔がむくんでいた。「人が死んだばっかりだっていうのに。なんだってこんなに賑やかに囀ってるんだか。まるでお祝い事があったみたいじゃないの」

近くにいた喪服姿の親戚の老婆が「ほんとだよ」と言って深くうなずき、眉をひそめた。「小鳥はね、あんまり自慢げに鳴かないほうがいい。鳴くんならひと声で充分。だからあたしは、カナリヤなんかも好きじゃなくてね。そうね、ウグイスも、ほんとうのことを言うといやだわね。人に聞かせたがってるみたいで、うるさいと思うことがあるからね」

そんなこと、どうだっていい、と言わんばかりに母は老婆に向かって顔を斜めに傾けながら黙礼し、その場から離れた。

離れた土地で長く闘病していた母方のおばの左知子《さちこ》が力尽き、市内から車で三十分ほどかかる火葬場で荼毘《だび》にふした日だった。

左知子は享年五十三。子供はおらず、夫とは離婚していたので、亡骸《なきがら》は実家に戻ってきた。左知子の生まれ故郷の夏空は、その日、見事な茄子紺《なすこん》色に染まっていた。

駐車場に停めた車をまわしてくるから、と言い、小走りに走って行った妻を待ちながら、武夫は胸に抱いたおばの骨箱の底に指を這《は》わせた。遺骨はまだ生温かかった。ぬるま湯に浸した小さな人形を抱いているようだった。

夏空にミソサザイが賑やかに囀り続けていた。澄み渡ったその声は闊達《かったつ》で、明朗で、活き活きしていた。母が言った通り、手放しで懸命に、世界を祝福しているかのようだった。

おばは小鳥たちに寿《ことほ》いでもらいながら旅立ったのだ、と武夫は思った。こんなに元気に、こんなに威勢よく囀って、生命の唄を歌っている小鳥たちに。

通夜の席でも告別式でも、火葬後の骨拾いの場でも、泣かずにいられたというのに、彼はふいに胸が詰まるのを感じた。

夏の光の下、喪服姿の人々が点々と散らばっている中、母が武夫を振り返り、「来たみたいよ」と言った。

白い軽四輪が場違いなほどスピードを出しながら、こちらに向かって走って来た。真剣な表情でハンドルを握っている妻の顔が、うるんだ水の中で見るもののようになった。

いしだ屋酒店を創業したのは、武夫の祖父である。地元では石頭の頑固者として有名で、無愛想、不機嫌が板についていた男だったが、生まれつき商売の才覚があったらしい。店は繁盛していた。

だが、そんな祖父の死に方は、悲惨とも滑稽《こっけい》とも言えた。空腹のあまり、大口を開けてかぶりついた握り飯をいっぺんに飲みこもうとして喉に詰まらせ、窒息したのである。

武夫の両親は見合い結婚だった。めぼしい係累がなかったことから、父は石田家の婿《むこ》養子として迎えられた。

祖父の死後、傾きかけた店を引き継いだのは祖母だった。武夫の母の志津子《しづこ》も熱心に祖母を支えた。母と娘の二人三脚は功を奏し、店の経営状態はまもなく元通りに回復した。

もともとおとなしかった入り婿の父は、初めからまるで役立たずのように扱われていたが、酒屋の仕事に男手は不可欠で、彼は主にビールケースを運んだり、配達したりする力仕事を担当していた。

だが、数年後、その父もまた、不慮の事故に遇《あ》った。酒の配達の帰り、何を思ったか、山道の途中にある神社に立ち寄り、帰るさなか、崖から転落したのである。濡れ落ち葉か何かでタイヤを滑らせ、ハンドルを取られたらしかった。

たまたま近くを通りかかった車に助け出され、病院に運ばれたが、転落時に石で頭を強打していて意識は戻らなかった。

父のズボンのポケットには、丁寧に折り畳まれた神社のおみくじが入っていた。おみくじは「小吉。待チ人来タル」だった。

武夫はまだ小学校に入学したばかり。長女の啓子《けいこ》も小学五年生だった。幼い子供二人を遺し、別れの言葉も口にできないまま、治療の甲斐なく父は息を引き取った。

周りからは、男が早死にする家系、と噂された。次は武夫ちゃんの番かもしれないから、気をつけるんだよ、と大まじめに言われることもしばしばで、中には、武夫のために、と厄除《やくよ》けのお守りを届けにくる老婆もいた。

だが、祖母も母も気丈だった。噂に不安をかきたてられることもなく、毅然として前を向いた。母娘は一卵性双生児、と呼ばれるほど顔かたちも性格もよく似ていた。二人は、武夫と啓子を女手で立派に育て上げてみせる、と誓い合った。

やがてそこに加わることになったのが、左知子だった。左知子は志津子の八歳下の妹で、武夫のおばにあたる。

左知子は高校を卒業後、市内にある老舗の味噌屋で事務の仕事についていたが、結婚の約束をしていた男に裏切られ、すっかり気落ちしていた。ことあるごとに実家に夕食を食べに来ていたが、そのうち、ここで暮らしたい、みんなと一緒にいたい、と言い出して、さっさと勤めをやめるなり、引っ越して来たのだった。

女三人は、それぞれ顔だちもよく、なにより愛嬌《あいきょう》があって明るかったので、男の客の受けがよかった。女ならではのアイデアを出し合って、店先に紅いリボンを結んだ小袋入りのクッキーを並べたり、ただ同然で仕入れた色とりどりの硝子《ガラス》の一輪挿しを売りものにしたりするなどして、酒以外の商品を売る才能にも長けていた。

武夫の姉の啓子も、中学に進んだころから、店番や電話の応対を引き受けるようになった。店にいても家にいても、女ばかりの家族は朝から晩まで賑やかだった。武夫は彼女たちから可愛がられて育った。

時間をかまわずに店の雑用を押しつけられるのは迷惑だったが、ちょっとした力仕事が必要になった時など、男の子として頼られるのは悪い気はしなかった。

中でも、「ねえ、武夫ちゃん、ちょっとお願い」と左知子から甘えた口ぶりで頼まれると、しょうがないなあ、とさもいやそうにつぶやきながらも、彼は嬉々として腰をあげた。

重たいビールケースを運ぶのを手伝ったり、脚立に乗って、天井の切れた電球を取り替えたり。そのたびに左知子から「武夫ちゃん、力もちねえ」「たくましいのねえ」とほめられた。左知子にほめられると、決まって頬が赤らんだ。

それを隠そうとすればするほど、表情が険しくなる。もし自分が犬だったら、こんな時は嘘がつけずに、千切《ちぎ》れんばかりに尾を振っているのだろう、と武夫は思った。犬でなかったのは幸いだった。

左知子は色白で、豊満な身体つきをした女だった。そのわりには顔が小さく、大きな尻とせりだした胸の上に小ぶりの頭が乗っている立ち姿は、時に日本人離れしたものに見えた。

若いころからショートヘアにしていた。床屋にも美容院にも行かない。少し伸びれば鏡に向かって鋏《はさみ》を手にし、自分で適当にじょきじょきと切ってしまう。髪質が柔らかく、全体にウェーブがついていたから、乱雑にカットすればするほど、毛先が小さなカールを作り、顔まわりが愛らしくなった。

舌ったらずのしゃべり方をするのが癖で、ともすれば媚《こ》びているように聞こえることもあったが、不思議とわざとらしさがなかった。

口の中に甘ったるい水をふくんでいるような、しとどに濡れたものを絶えず転がしているような、そんな口調で話しかけられ、「武夫ちゃん」と名前を呼ばれるたびに、武夫はいつも、黙ったまま尾を振り続ける犬になった。

店先では客とざっくばらんに世間話を交わし、配達に行けば、配達先の主婦や居酒屋のオーナーらと、たちまち親しくなってしまう。万事においてあっけらかんとはしているものの、女の部分をみせて相手の歓心をかおうとするところはみじんもなくて、さばさばと話す陽気な性格は誰からも好かれた。

だが、武夫は幼いなりに、早くから左知子が抱えているらしい深刻な問題に気づいていた。

左知子は計算が悉《ことごと》く不得手だった。確かめたことはないが、小学生でも覚えられる九九も、できるのかどうか、怪しいものだった。簡単な足し算引き算をするのにも時間がかかった。紙に書いて計算する時の数字の繰り上がり、繰り下がりも、理解しているとはとても思えなかった。

もちろん字も読めるし、漢字もふつうに書ける。それどころか、ペン字の手本のような美しい文字を書く。

中学校レベルの簡単な英文なら読むことも、話すこともできた。教養、学力という点ではどこをどう取り上げてみても、きわめて正常だった。社会生活を営む上で、支障をきたすものはひとつも見当たらなかった。

計算することができない、という、ただ一点を除いては。

「武夫ちゃん、一緒に行かない？」と左知子が誘ってくるのは、決まって月末の、得意先の集金日だった。

その日がくると、左知子はいつも店先に立ち、武夫が小学校から帰るのを待ち構えていた。待っていた、と思われたくなかったのか、たまたまそこにいた、といわんばかりに、箒《ほうき》と塵取《ちりと》りを手に忙しそうにしていることもあった。

「一緒に、って、どこに？」

「集金よ。今日行くのは二軒だけ。すぐすむから。いい？」

「うん、いいよ」

「帰りにアイスキャンディ、買ってあげるね」

武夫が曖昧《あいまい》にうなずくと、左知子は嬉しそうに微笑《ほほえ》み、「自転車、持ってくるから、ランドセルだけおうちに置いてらっしゃい」と言った。

店の集金は小切手ではなく、現金で取り扱っていた。電卓はすでに普及し始めていたが、左知子は持っていなかったのか、持つつもりがなかったのか、集金の時に電卓をバッグにしのばせている様子はなかった。

得意先の玄関で、請求金額を口にし、相手から現金を渡されると、左知子は「ありがとうございます」と言ってから、にこやかに武夫を振り返った。

「武夫ちゃん、お釣りいくらになるかしら」

小学生でもできるような、簡単な暗算だった。武夫は即座に答えを出した。

左知子はそれを受けると、「出来た。えらい」と武夫をほめる。

相手は即座に微笑ましそうに目を細めてくる。「暗算が早いのねえ。小学生でしょ。何年生？」

四年生です、と武夫は小声で答える。

あなたの息子さん？　と訊《たず》ねられ、左知子は身をよじりながら笑う。「私、独身ですから。この子は甥《おい》っ子です」

「その様子じゃ、算数の成績、いいんじゃない？　そうでしょ」

「はい」と言いかけ、武夫は慌てて首を横に振る。「いえ、別に」

左知子は息を弾ませて微笑し、武夫の頭をごしごしと撫でる。頭いいもんね、武夫ちゃんは。

左知子の掌《てのひら》からはいつも、安物の乳液のにおいがした。

札の区別がつかない、といったことはまったくなかった。札の種類……五百円札、千円札、一万円札の違いは当然ながら理解していたし、小銭に関しても同様だった。あくまでも計算が苦手、というだけで、やればできる時もあるのだが、そのたびに呆れるほどの時間がかかった。

左知子の頭の中に、子供の自分ですらそらで言える九九が刻まれていないことを想像すると、武夫は物哀しい気持ちに襲われた。何かの病気かもしれない、と思うこともあったが、計算だけができない、という病気がこの世にあるのかどうか、彼にはわからなかった。

本人に向かって、なぜ、計算ができないのか、と質問することは憚《はばか》られた。どんなふうに訊けばいいのかわからず、訊くのが怖いような気がしたからだった。

一度だけ、我慢できなくなり、遠回しに訊ねてみたことがある。

いつものように、集金に誘われた日の帰り道だった。彼は左知子の自転車の後ろに乗り、落ちていた。砂利を踏みながら進む自転車が、時折、がたがた揺れた。

「ねえ、左知子おばさん」

「ん？　なぁに？」

「……なんで自分で計算しないの？」

「え？　聞こえなかった。なんて言ったの？」

「なんで僕に、集金のお釣りの計算やらせるの？」

「なんで、って……」と左知子は言い、場違いなほど明るく、大きな声で続けた。「武夫ちゃんのためよ。決まってるじゃない」

「僕のため、ってどういう意味？」

「暗算の練習よ。お客さんが目の前にいるんだもの。待たしちゃ悪いから、できるだけ早くやらなきゃいけないでしょ？　そういうのって、練習になるし、やればやるほど、どんどん早くできるようになるもんじゃない？」

　武夫が黙っていると、左知子も黙った。腕をまわしていた左知子の腰のあたりが、ぎゅうっと少し固くなった気がした。

「……武夫ちゃん、いやなの？」

「何が？」

「そういう暗算すること」

「いやじゃないけど」

そう、と左知子は言った。「よかった」

次の言葉を待ったが、左知子はそれ以上、何も言わなかった。

正面から吹きつけてくる風が冷たかった。左知子が規則正しく漕ぎ続ける、自転車のペダルの音だけが聞こえていた。

計算ができない、ということは、数字が意味することがうまく頭の中で整理されず、理解もされていない、ということになる。

左知子は昭和、大正、という元号や西暦でものを覚えていなかった。昔、という枕詞で話し始めたとしても、彼女の中ではたいてい、時間の感覚が著しく欠如していた。

昔、というのは、左知子にとって「昔」であるに過ぎなかった。それがいつのことなのか。西暦何年、昭和何年で、そのころ、世界では何が起こっていたか、どんな事件があったのか。そういった歴史的事実と個人的な体験が結びつかない。昔はあくまでも昔であり、それは左知子の中では、一貫して「過去」という意味しかもたないのだった。

「それって、いつのこと？　何年前？　昭和何年？」といった質問の数々は、常に左知子を烈《はげ》しく混乱させた。

「いつだったっけ」と左知子は言い、ごまかそうとして笑顔を作った。時には話を変えようとしたり、わざとふざけて「ねえ、いつだったか教えてくれない？」などと言っては、相手を煙に巻こうと試みたりもした。

左知子に歴史、時間、という概念がないのではなかった。年表などを前にしながら話していれば、それがいつのことだったのか、完全に理解していることが伝わってくる。

紙に記されている数字なら、たとえ実感がないにせよ、「昔」が「いつの昔」だったか、特定できるらしかった。そんなときは、彼女の中を流れてきた時間と、現実に起こったこととの一致が可能になる。それがいつのことだったのか、というおぼろげな認識が生まれる。そうそう、これによると、私が十歳の時だったんだから、そうね、昭和二十九年かな、などと前置きして、話を進めることができるようになる。

それなのに、頭の中だけで数字をたぐり寄せ、話をしようとすると、まるでだめだった。時間の認識が、数字として理解されていないものだから混乱が始まる。それをごまかそうとしてつまらない冗談を飛ばす。そのため、一連の言動が軽薄に見えてしまう。悪くすれば、少し足りないようにも思われる。

「左知子はいい子だけど、ココが少し弱いから」というのが、祖母の口癖だった。

関節が曲がった人指し指で自分のこめかみをつんつんと突き、あっさりとそう言う。軽くため息をつき、どうしようもない、といった表情を作って苦々しく笑う。

母はそのたびに目をそらし、黙ったまま俯《うつむ》いた。そうね、とも、違うとも言わなかった。武夫は、無言のまま祖母の言うことを肯定している母を見るのがいやだった。

武夫が小学六年になる年の二月、商店会の会長の親類筋にあたる女から、左知子に縁談が持ち込まれた。

相手は、郡部にある小さな町の、町役場に勤める公務員だった。左知子よりも一つ年上で結婚歴はなし。両親ともに学校教師。弟は名古屋にある大学を出て薬剤師の資格をもっている。まじめな家庭に育った方で、左知子さんにぴったりでは、という話だった。

早速、市内のホテルのラウンジに、見合いの席が設けられた。左知子の容姿に一目惚れしたのか、相手の男は初めから大乗り気だった。左知子のほうでも、印象は悪くなかったらしい。二人は即座にデートを重ねるようになった。

食事に行ったり、映画を観に行ったり、と順調に交際は進められた。会うたびに人柄の優しさとまじめなところに惹かれていく、と左知子は言い、祖母たちを喜ばせた。

しかし、結納を交わす日時も決まって、いよいよ、という段になった或る日、先方からいきなり、この縁談はなかったことにしてほしい、という連絡があった。

左知子がたびたび男あてに手紙を出していたのが、親しくなるにつれて、封筒の裏に自分の住所と名前を記さなくなった、「左知子」とだけ書いてよこした、男慣れしている商売女みたいな書き方で、到底、受け入れられるものではない、というのがその理由だった。

祖母は激昂し、母は呆れ、事情を知った啓子も、親たちの味方をした。

「ねえ、聞きたいんだけど、それの何が悪いの？」

高校一年生になっていた啓子は親たちに訊ねた。「お互いに好きになって、結婚を前提につきあってたんでしょ？　そういう人にも、封筒の裏に名前だけ書いて手紙出しちゃ、いけないの？」

「いけなくはないよ」と祖母が応えた。「たしかにきちんとしている印象はなくなるだろうけど、いけないってことは絶対にない。親しいんだから、当人同士がよけりゃ、それでいいんだよ。それを何をえらそうに。そうでしょうが。どこの何様でもあるまいし、人の娘つかまえて、男慣れした商売女、だなんてこと、よくも言ってくれたよ」

「ほんとにひどい言い方」と母は嘆息し、伏目がちになりながら、部屋の片隅に座っていた左知子のほうをちらりと窺《うかが》った。「ね、左知子。気にしないでいいんだからね。左知子はなんにも悪くないいんだからね」

「そうだよ。なんにも悪くない」と祖母が繰り返した。「夫婦になると決めた相手にどんな手紙を出そうが、こんなふうに言われる筋合いなんか、まるっきりないんだからね。いいよ、もう。あんなつまらない男は忘れなさい。つける薬もないくらいに四角四面だってことが、早くからわかって、かえってよかったよ。あんたなら、この先、もっといい縁談がたくさんくる。大船に乗った気持ちで待ってればいい」

「そうよ、お母さんの言う通りよ。左知子は可愛いし、魅力的だし、もてるし。つきあいたいっていう男たちがいっぱいいるわよ。あんな男、こっちから願い下げだ。さっさと熨斗《のし》つけて返してやればいい」

黙って聞いていた左知子の目から、ふいに大粒の涙があふれ、頬を伝った。声にならない嗚咽《おえつ》がもれた。それでも左知子は、くちびるを細かく震わせながら微笑んでいた。

「お母さんもお姉ちゃんも、もういいの。私が悪かったんだから、仕方ない。ちょっと調子に乗っちゃったのね。きちんと住所と名前、書けばよかった。……心配かけてごめんね」

武夫は柱にもたれて座ったまま、自分の足の爪に気をとられているふりをし続けていた。武夫がいることに気づき、母の志津子が静かな命令口調で言った。

「武夫。自分の部屋に行ってなさい。啓子もよ」

啓子が不快そうにくちびるを結びながら、部屋から出て行った。それに続こうとして武夫が立ち上がった時だった。

左知子が「武夫ちゃん」と声をかけてきた。目に涙をためたまま、左知子は武夫に向かって微笑みかけた。「……ごめんね」

その瞬間、武夫は自分でもわけがわからなくなるほど、左知子に強い欲情を覚えた。思春期にさしかかった少年の、のべつまくなしに襲ってくる奇怪な欲望とは、それは明らかに異なるものだった。

ただ、左知子がいとおしかった。好きで好きでたまらなかった。

その場で抱きしめてやりたかった。思う存分、安物の乳液のにおいを嗅ぎたかった。

集金の時、釣り銭の計算をした彼の頭を「えらいえらい。よくできた」と言ってごしごし撫でてくれたように、今度は自分が左知子の頭を撫でてやりたかった。好きだ、と言い続けていたかった。

恒例の商店会主催の親睦旅行が行なわれたのは、その年の七月末だった。

毎年、一泊二日、行き先は熱海と決まっており、団体客向けのホテルに、あらかじめ人数分の部屋が確保されていた。商店会会長の実の弟が経営するホテルで、いくらでも自由が利くらしかった。

祖母と母は「いい加減、熱海も飽きたわねえ」と文句を言いつつ、いそいそと出かけて行った。忙しくて、ふだんはなかなか旅行もできないため、商店会の親睦旅行は親子の唯一の楽しみになっていた。

左知子は例年通り、留守番役をかって出た。大勢で集まって宴会をしたり、温泉街を散歩したりすることはあまり好きではないから、と言っていたが、せっかくの縁談を断られたばかりで、商店会関連の行事に顔を出す気になれずにいても不思議ではなかった。

啓子は親たちが留守にするのをいいことに、友人一家と共に、朝から泊まりがけのキャンプに出かけた。自宅には、左知子と武夫だけが残された。

昼間は獰猛《どうもう》な太陽があちこちに照り返しを作り、油蟬の鳴き声が喧《やかま》しかったが、三時を過ぎるころから、雨が降ったりやんだりを繰り返すようになった。遠くに雷鳴が聞こえたかと思うと、あたりが俄《にわ》かに暗くなり、いきなり烈しい雨が屋根を叩きつけた。

慌てて窓を閉めてまわるのだが、まもなく雨はからりと上がり、湿った西陽が射しこんでくる。庭にはあちこちに陽炎《かげろう》が立ち、草木がゆらゆらと揺れて見えた。

夕方の五時をまわったころだった。「武夫ちゃん、ちょっと」と彼を呼ぶ左知子の声が聞こえた。

茶の間のテレビで、相撲を観ていた彼は、「何?」とその場で聞き返した。

「悪いけど、ちょっと来てくれない?」

左知子は自室にいたが、廊下に面した部屋の襖《ふすま》を開けっ放しにしていたせいか、声は思いがけず近くに聞こえた。

食べていた塩せんべいの滓《かす》が、半ズボンにこぼれ落ちていた。それを両手で払ってから、彼は立ち上がった。

窓の外ではヒグラシが鳴いていた。その澄んだ声に、遠くの雷鳴が重なった。今しがたまで晴れていた空が暗くなってきた。また一雨、くるのかもしれなかった。

左知子が使っていた部屋は、茶の間とは廊下続きで出入りできる和室だった。店舗の後ろに連なる家は、鰻の寝床のように細長い。一階の左知子の部屋のさらに奥が、二間続きになっている祖母と母の寝室。武夫と啓子の部屋は、それぞれ二階にあった。

部屋に行ってみると、左知子は畳の上に敷いた薄い敷布団の上にうつ伏せに寝ていた。紺色のショートパンツに、涼しげなサッカー地でできた、ヒマワリ模様のブラウス姿だった。

白い太ももやふくらはぎが艶《なまめ》かしかった。枕の上の、少し乱れたショートヘアが、汗ばんだこめかみに小さなカールを描いていた。ノースリーブのブラウスからは、たっぷりと肉がついた、なめらかな二の腕が伸びていた。

「どうしたの」と武夫はなんでもなさそうな口調で訊ねた。どぎまぎしていることを気づかれたくなかった。

左知子はうつぶせになったまま、わずかに顔を斜めに上げ、目を細めて武夫を見上げた。「足と腰がだるくって仕方ないの。ずっと自分で揉んでたんだけど、全然だめ。武夫ちゃん、悪いんだけど、上に乗ってくれない？」

「え？」

「足や腰の上に。上から踏んでほしいのよ」

「踏む、って、足で？」

「足以外、どこで踏むの？」左知子はそう言い、短く笑った。「体重の重たい人にやられたら、そりゃあ痛いに決まってるけど、武夫ちゃんくらいだったら大丈夫よ」

「そんなことして、平気？」

「平気。一人で暮らしてた時にね、近所の子供たちが遊びに来て、ちょうど私が、こんな格好して寝そべって雑誌読んでたら、ふざけて足に乗っかってきたの。それがねえ、すごく気持ちよくて。指圧とか按摩《あんま》を頼むより、ずっとよかった。だるかったのがすっきりしちゃってね。ほんとは武夫ちゃんよりもちっちゃな子のほうが、重さとしてちょうどいいんだけどね」

武夫がためらっていると、左知子はやおら上半身を起こし、わずかに口を尖《とが》らせながら、「ねえ、やってよ、お願い」と言った。甘えた口調だった。「お店でずっと立ってると、足や腰がむくんで、ぱんぱんになっちゃうの。それだけだったらいいんだけど、こんなふうにたまの休みの日は、だるくなってきちゃって。血のめぐりが悪いのね。こういう時は、人に踏んでもらうのが一番なのよ」

雷鳴が近づいてきた。空はいっそう暗くなり、部屋の中の小さなテーブルや洋服類を入れるための花柄のファンシーケースが、薄闇に包まれていくのがわかった。

「やあね、また雷だわ」

忌ま忌ましそうにつぶやくと、左知子はぐったりと頭を枕に載せ、両足を軽くばたつかせた。

「はい、どうぞ、武夫ちゃん。やってちょうだい」

武夫は素足のままだったことを気にしながらも、おそるおそる左知子のふくらはぎの上に右足を載せた。強すぎるといけないと思い、なるべく体重をかけないようにした。

ふくらはぎは餅のように柔らかかった。生温かいのかと思っていたが、彼の足裏に伝わってきたのは、少し湿った、不健康な感じのする冷たさだった。

「ああ、いい気持ち。武夫ちゃんの足って、あったかいのねえ。ぽかぽかしてくる。もうちょっと強くしてもいいよ」

うつぶせのまま喋るものだから、声はくぐもっていた。彼が踏みしめるたびに、うっとりとした、ため息とも吐息ともつかないものが左知子の口からもれた。近づいてくる雷の音がそれに重なった。

心臓が喉から飛び出しそうになっていたが、武夫は必死になって平静を装った。「暗くなってきたよ。電気つけようか」

「ううん、いい、このまんまで」と左知子は眠たげに応えた。「暗いほうがいい。だってさ、ちょっとは恥ずかしいもの」

「何が？」

「武夫ちゃんたら」と枕に口を押しつけたまま、左知子はふくみ笑いを放った。「相手が武夫ちゃんでも、あんまり恥ずかしい格好、見られたくないもの」

僕は子供だよ、まだほんの小学生だよ、と言いたかった。たとえ、おばさんの裸を見ることになったって平気だよ。全然、恥ずかしがらなくたっていいよ。

だが何も言えなかった。言った瞬間、本当に左知子が目の前で、するすると服を脱ぎ、裸になってしまいそうな気がした。そうなってほしい、という強い気持ちとは裏腹に、それはひどく不潔で、生涯、許せないほど品のないことのように感じられた。

武夫は黙ったまま、ふくらはぎを踏み続けた。気が遠くなりそうだった。汗が全身から噴き出していた。

「腰もお願いね」

「腰なんかに乗ったら、骨が折れちゃうよ」

「折れない折れない。平気」

「どうやって乗ればいいの」

「お尻」と左知子は事も無げに言った。「お尻のね、お肉がついてるとこがあるでしょ？　そこを踏んでくれればいいわ」

軒先に、ぱらぱらと小石が降ってきたような音が聞こえた。次の瞬間、間をおかずして、いきなりの土砂降りになった。窓の向こうの庭に、飛びはねる雨の飛沫《しぶき》が見えた。

室内はいっそう暗くなった。武夫の足の裏に、左知子の尻の、硬いような柔らかいような感触が拡がった。強く踏み過ぎてはならない、と自分に言い聞かせながら、武夫は右足の踵《かかと》を使って、その部分をゆっくりともみしだくようにした。

頭の中が白くなった。どうすればいいのか、わからなかった。逃げ出したかった。それなのに、永遠にやめたくなかった。

薄墨を流したようになった室内に、その時、鋭い閃光が走った。あたりが一瞬、白くなった。

「光った！」と彼は声をあげた。自分でも驚くほど、異様に大きな声だった。大きな声を出せば出すほど、正気を取り戻せるような気がした。

枕に顔を押しつけ、目を閉じていた左知子は、「何が？」とのんびり聞き返してきた。

「見てなかった？　稲妻だよ。もうじき雷のすごいのがくるよ」

「いやあだ、怖い」

口ほどにもなく、左知子が怖がっている様子はなかった。彼女は明らかに、武夫によって踏まれていることの心地よさに陶然としていた。滞《とどこお》っていた血液が流れ出し、全身が軽くなっていく、その快適さにだけ意識を集中させていた。

爆弾が炸裂したような音が轟《とどろ》いた。庭先で大きな地響きがした。窓ガラスががたがたと揺れた。

いきなり跳ね起きた左知子が、くるりと身体の向きを変えるなり、顔を歪め、叫び声をあげながら武夫に抱きついてきた。はずみで床に転げそうになった彼は、慌てて体勢を整えねばならなくなった。

はぁはぁという、左知子の荒い呼吸を首すじに感じた。両腕は彼の首に巻きついていた。大きなゴム毬《まり》のような二つの乳房が、ブラウスの奥で揺れているのがわかった。透明な汗のにおいの中に、ほんの少し、乳液の香りが混ざっていた。

呆然としながら、その身体を支えていた武夫は、両腕を鋼《はがね》のように固くしたまま、じっとしていた。全身の毛穴が開き、汗が噴水のように噴き出してくるのがわかった。

彼は、これまで経験したことのない、烈しい性的興奮状態にあった。怖かった。暗闇で迷子になったような気分だった。

左知子は彼にしがみついたまま、しゃくり上げながら泣き出した。

「……雷、そんなに怖い？　おばさん、弱虫なんだね」

言いながら、彼は細かく震えていた。息も絶え絶えになっていた。

左知子は首を横に振った。そっと彼から身体を離し、「怖くなんかないわよ」と言った。冷たく突き放すような低い声だった。

薄闇の中、涙を浮かべた目がかすかに光ったように見えた。左知子は彼のほうを向いたまま、続けた。「弱虫で情けなくて、おまけにバカだけど。でも、雷なんか怖くないわよ」

庭が烈しい雨で煙っていた。雷鳴が、行きつ戻りつするように絶え間なく鳴り続けた。

左知子はふいに身体から力を抜き、疲れたような笑みを浮かべた。「さっき、お尻踏んでもらいながら、考えてたの。武夫ちゃんは昭和何年生まれだったっけ、って。そういうこと、ちゃんと思い出さなきゃいけないから。だから、思い出そうとしてがんばるの。でもね……やっぱりだめなの」

「僕が生まれたのは昭和三十七年だよ」と彼は低い声で言った。「西暦だと一九六二年。今は小学校の六年だよ」

「それくらい」と左知子は言い、うすく微笑んだ。「知ってるわよ。小学六年だってことくらいはわかってる。でも、生まれ年とかを数字に直すと、いつもごちゃごちゃになっちゃうの。数えられないし、計算できないし、時々、わけがわからなくなる」

武夫は目の前にいる左知子を見つめた。左知子ではなく、左知子の肉体を見ようとした。そして、一番訊きたくて、訊けなかったこと、言葉に出して言ってはならない、と自分に言い聞かせてきたこと、母親や祖母にも決して質問しなかったことを口にした。「……それ、何かの病気？」

長い沈黙の後、左知子は目を伏せ、屈託なさそうに俯いた。「そうなんでしょうね。でも、何の病気なのかはわからない。病院で調べてもらったことはないし。調べてもきっとわからないと思うし。調べるの、怖いし。お姉ちゃんやお母さんも、ずっと私のこと変だと思ってたみたいだけど、病院に行け、って言ってきたことはなかったの。一度も」

うん、と武夫はうなずいた。「僕もそう思うよ」

「そう、って？」

「調べなくたっていいよ。そんなの、ほっとけばいいよ。別に何の問題もないよ」

左知子はくすりと笑った。人さし指を伸ばし、つんと武夫の鼻先を軽く突ついた。「おませな子。大人の男みたいな言い方して」

「僕はもう、子供じゃない」

そうね、と左知子はあやすように言った。「そうかもしれない」

おばさんのこと、大好きだ、と言いたかった。ずっとずっと好きだったし、これからも好きなまんまだ、と。

だが、言えるはずもなかった。彼は自分でもいやになるほど、途方もなく子供だった。

薄い敷布団の上で、しどけなく横座りしていた左知子は、そのままの姿勢でじっと動かずにいた。大きな胸と尻が、呼吸と共に、不思議な生き物のように動いているのが見えた。

「でもね、武夫ちゃん」と左知子はつぶやくように言った。「こんなふうに数字がわからないでいると、なんだか楽だな、って思うこともあるのよ。……どうしてかわかる？」

武夫は黙ったまま首を横に振った。

「いつ何があったか、っていうことがはっきりしない、って、それに慣れちゃうと気持ちいいのよ。ひとつひとつのことはもちろんよく覚えてるのに、そのつながりがバラバラになってるところ、想像してみてよ。いつも、何かこう、ふわっとした、ぼんやりした世界で生きてるみたいな感じがして、解放された気持ちになれるんだ」

武夫はまじまじと左知子を見つめた。左知子の言うことは、感覚の中ですべて理解できるような気がした。

「私には、ふつうの人みたいに、時間がきちんと流れてないみたい。ううん、ほんとは、みんなと同じに規則正しく時間が流れてるんでしょうけど、私が自分でよくわかってないもんだから、数字に変えようとすると混乱しちゃうのね。算数とか数学だけじゃなくて、歴史もすごく苦手だったわ。そりゃそうよ。黒船に乗ったペリーさんが来たのが西暦何年だったか、暗記できても、なんていうのか、それが歴史の勉強の中で、いろんな出来事と全然、つながってこないんだもの。でも、黒船来航が何年だったか、私、ここで言えるよ」

「ほんと?」

「うん。一八五三年。イヤゴザンナレ、ペリーサン」

「あ、そうだね」

「でも、それだけ。なんだかね、いくら覚えたって、その数字だけがぽつんと空中に浮いてて、いろんなこととつながってこないの」

うん、と武夫は言った。とてもよくわかるような気がしたが、それについて応えるための言葉は持ち合わせていなかった。彼はくちびるを結んだまま、もう一度深くうなずいた。

「武夫ちゃんには、いつも迷惑ばっかりかけてるね、私」

「迷惑って?」

「お釣りの計算、させてるじゃない。とんだ迷惑よね。これからはなるべく、しないようにするからね」

「別にしたっていいよ。そんなこと気にしてないよ。いつでもしてやるよ」

左知子はしばらくの間、じっと彼を見つめていたが、やがて肩の力を抜くと、きれいな白い歯をみせて笑った。「ありがとう。いい子ね、武夫ちゃん」

言いながら、いつものように武夫の頭をごしごしと撫でた。「私、もし、結婚できたら、武夫ちゃんみたいな息子を産みたい。二人でも三人でも。武夫ちゃんがたくさんいる、って最高に幸せじゃない?」

雷鳴が遠ざかっていった。雨足も弱くなってきた。部屋が少しずつ明るくなり始めた。

「さてと」と気を取り直したように言い、左知子は年寄りじみた仕種で両手を布団につきながら立ち上がった。「そろそろ夕ごはんの支度《したく》しなくちゃ。お風呂もわかそうね。ごはんの前に汗流してきてね」

武夫の目の前に仁王立ちになったまま、左知子は庭に向かって大きく伸びをした。力強い伸びだった。

裾が拡がっている、ヒマワリ模様のブラウスがせり上がり、なめらかなウェストあたりの肌が覗《のぞ》き見えた。紺色のショートパンツから伸びた太ももの汗ばんだ肌には、白い糸くずがへばりついていた。

思わずそれに指を伸ばしてしまいたくなる衝動にかられながら、武夫は奥歯を噛みしめ、近くの木で再び鳴き出したヒグラシの声を聞いていた。

武夫が、「算数障害」という言葉を知ったのは、東京の大学に進み、卒業後、いしだ屋酒店を継ぐべきか、やめるべきか、決めかねながら、都内の小さな広告代理店に勤めていた時だった。

仕事を通じて、子供の心理学に詳しい小児科医と知り合いになった。『思春期あれこれ心理学辞典』と題された本の著者で、彼の父親ほどの年齢だったが、初めからウマが合った。

仕事を抜きにして小料理屋に誘われた時、医師は子供の発達障害について、問わず語りに話し始めた。

算数障害は、広義の意味での発達障害のひとつで、知的能力にはまったく問題がないのに、計算ができない、数字の組み立てができない、といった状態が続き、本人はもちろん、周囲も困惑する。おしなべて学力があるのに、算数の成績だけが異様に悪いことも多いのだという。

武夫は目を瞬《またた》いた。初めて聞く話だった。

おばの左知子は当時、すでに実家を離れ、名古屋に住んでいた。四十路を目前にして、たまたま飲食店で知り合った名古屋出身の、気障《きざ》な成り上がり者にしか見えない、三つ年上の男に熱心に言い寄られ、のぼせ上がった。

男は独身だったが、前妻との間に男の子が二人いた。名古屋市内で貴金属関係の商売を始めて成功し、暮らしぶりは豊かそうだった。

結婚を申し込まれ、有頂天になった左知子は即座に受け入れた。祖母と母は猛反対した。よりによって、あんな男と、と祖母は嘆いた。この先、商売がどうなるかもわからない、第一、どう見たって遊び好きの軽薄そうな男だ、あんたのことだから、いいようにされて悲しい目にあわされないとも限らない、と。

だが、左知子は聞く耳をもたなかった。二人だけでささやかな結婚式を挙げ、ハワイに新婚旅行に出かけて帰国するなり、いそいそと名古屋の男の自宅に引っ越して行った。

その後、子供はできなかった。夫の仕事が忙しく、会社を手伝わねばならなくなった、という理由で、実家にもめったに顔を見せなくなった。

疎遠になったままの左知子が抱えていた問題を、武夫が人に打ち明けたのはその時が初めてだった。

「今は会わなくなってしまいましたが」と彼は言った。「母方のおばがそうでした。計算が苦手で、子供のころ、集金の仕事があるたびに僕が一緒に行って、おばの代わりにお釣りの計算をしてました。西暦とか元号とかを出して話をつないでいくことも、うまくできなかったです。時間の感覚が現実とつながっていかない、っていうのか。数字が出てくると、もうだめだったみたいで。それ以外のことはすべて正常だったんですが」

医師は、自分の専門分野の話題になって勢いづいた。武夫は立て続けに質問を受けた。できる限り、正直に答えたが、左知子の秘密について、ついこの間まで他人だった人間に語って聞かせている自分が不思議だった。

一通り話を聞き終えると、医師は「そうでしたか」と言い、得心したようにうなずいた。「たぶん、おばさんはディスカリキュリア……算数障害だったのでしょう。昔はそういうことはなかなか、一般にはわかりづらかったし、知られてもいませんでしたからね。専門知識のある人も、今よりずっと少なかったですし。おばさんは密かに苦労されていたかもしれませんね。今はどちらに？」

「結婚して名古屋に」と彼は言った。「元気でやってるみたいです」

「よかった」

医師は、病《やまい》の癒《い》えた患者を前にするように微笑みながらうなずいて、冷酒を手酌で紫色の江戸切り子のグラスに注いだ。


左知子にまつわる記憶が、洪水のように押し寄せて、気づけば武夫は、野鳥の図鑑を膝に載せたまま、居間のソファーにぼんやりと座っていた。汗を拭くために首から垂らしていたタオルが、床に落ちているのが見えた。


いつのまにか外では日が傾き、早くも庭のあちこちに夕暮れの気配が忍び寄っていた。

遠く近く、ヒグラシの声が物寂しく響きわたっている。あちらの木で鳴けば、こちらの木でも鳴き出す。しんとした静寂を雲母《うんも》のように薄く積み重ねていくような、ヒグラシの谺《こだま》である。

侘《わび》しく切ない、胸かきむしられるようなその声に、かつて聞いたミソサザイの陽気な囀りが重なった。若かったおばの白いふくらはぎが、武夫ちゃん、と呼びかける甘ったるい声が、邪気のない笑顔が、おばの哀しみと涙が、つい、今しがたまで、目の前にあったもののように感じられた。


外で車が停まる音がした。妻と娘の賑やかな話し声が聞こえてきた。

何かを寿ぐようなミソサザイの歌声が、急速に遠のいていった。武夫はたちまち現実に引き戻された。

玄関ドアが開く気配があった。

大きな声で「ただいまぁ」と言った後、何が可笑《おか》しいのか、母子はくすくすと、いつまでも陽気に笑い続けている。

喪中の客

午《ひる》を過ぎた時分から、粘ついたような小糠雨《こぬかあめ》が降り出した。日が暮れる時刻でもないというのに、ふいにあたりのうすぐらさが増したと思ったら、いきなり玄関ブザーの音がけたたましく轟《とどろ》いた。

全身の毛が逆立ったようになった。私は凍りついたまま息をのんだ。

ブザーは一度鳴っただけで、すぐに静寂が舞い戻った。自分の心臓の大きな鼓動だけが耳もとに響いた。

八年前の六月。父の入院中、母が突然、こんな古くさいブザーはもうやめて、インタホンにしなきゃ、と言い出した。いつになく、決然とした険しい口調だった。

もともと母は新しい機械に弱かった。インタホンを取り付けたとしても、使い方を覚えるまで時間がかかる、人が来るたびに大慌てするのが目に見えているのだから、充分、ブザーで事足りるではないか、などと言っていたのに、なぜ、急にそんなことにこだわり出したのか、わからなかった。

翌日、母自ら、駅裏に旧《ふる》くからある電機屋を呼びつけ、当時としては最新型のインタホンを設置させた。その時、なぜなのかはわからないが、母よりも年上に見える老いた電機屋の男は、ブザーを取り外して行かなかった。

後日、改めて外しに来るつもりでいながら、うっかり忘れてしまったのか。配線か何かの関係上、旧いブザーはそのまま残しておかなくてはいけなかったのか。理由はわからないが、確認するのも億劫《おっくう》だったので、そのままになった。

父の容態が急変したのは、それからきっかり一週間後の午後である。私は母と共に病院に駆けつけた。

まだ離婚していなかった妹の夏美《なつみ》にも知らせたものの、なかなか連絡がつかなかった。六つになる娘のさやかを幼稚園に迎えに行った際、携帯を家に置き忘れてきたという話は後になって知った。

夕方になり、夏美がさやかの手を引いて病室に飛びこんで来た時、父はすでに息絶えていた。日頃、なにごとにつけ感情を露《あら》わにするたちの夏美は、父の亡骸《なきがら》にとりすがって身をよじりながら泣きだした。そんな母親の姿に怯《おび》えたのか。あるいは、祖父とはいえ死んだばかりの人間を直視するのが怖かったのか。もともと口数のひどく少ない子だったが、さやかは黙したまま両手をだらりと下げ、何を見つめるでもなく、壁に向かって身じろぎひとつせず突っ立ったままでいた。

雨の日で、病室の中はどことなくうすぐらかった。亡骸が横たわっているベッドまわりの明かりを受けて、さやかの小さな影が、白い壁に黒々と映し出されているのが奇妙だった。

「さやか。おじいちゃんに挨拶なさい」夏美が涙まじりに振り向いて声をかけた。

さやかはくるりと振り向くと、のっそりとした子どもらしからぬ、億劫そうな歩き方でベッドに近づき、離れたところから父の亡骸を覗きこんだ。名前も知らない赤の他人の寝姿を見る時のような、よそよそしく冷やかな目つきだった。

無理もなかった。生前、父は孫であるさやかのことを可愛がろうとしなかった。もともと夏美の結婚相手をひどく毛嫌いしていたので、その男との間に生まれた子どもになど、愛情は抱けない、と公言していた。

それとこれとは別でしょう、さやかは私たちの可愛い初孫じゃないの、と母がいくらたしなめても無駄だった。大人たちの事情を察してか、さやかもそんな祖父には懐こうとしなかった。

「さよならを言わなくちゃ。ね？　さやかのおじいちゃん、天国に行ったのよ。もう会えなくなるのよ」

夏美にそう言われても、さやかは無言だった。長患《ながわずら》いしたせいで、父の身体《からだ》は紙のように薄く見えた。

夏美がさやかの手をとり、剝《は》がれ落ちた木肌を思わせる父の手に触れさせようとした。さやかはひどく邪険に夏美の手をふりほどき、顔をゆがめてそっぽを向いた。

ふいに雨足が強くなり、病室の窓を叩く音が聞こえた。いやだねえ、こんな嵐みたいな日に、と母が低くつぶやいた。

通夜は住まいのある町の、小さな斎場で執り行った。父はもともと人づきあいを好まない性格で、友人と呼べるような人間はいなかった。通夜に列席したのは親類縁者とかつての仕事関係者数名、親しかったとも思えない、少数の知人だけだった。

夏美の夫、安田《やすだ》は、また明日来るから、と言うなり、私たちとほとんど目も合わせず、早々に引き上げていった。すでに夏美との夫婦関係は壊れていた。

参列客を見送ってから、私たちは、ぼろ雑巾のごとく疲れて家に戻った。夏美とさやかは、しばらく実家に滞在することになっていた。

すでに十時をまわっていたと思う。母と夏美と三人で居間の古びた食卓をはさみ、うつむいたまま、ぬるくなった苦いほうじ茶をすすっている時だった。ふいに家中にブザーの音が鳴り響いた。

私たちはぎょっとして息をのみ、互いにおそるおそる目と目を見交《みか》わし合った。さやかは、居間のソファーでぐっすり寝入っていた。ぴくりとも動かなかったというのに、ブザーの音が響いたとたん、その身体に掛けてやったカナリヤ色のタオルケットだけが、一瞬、大きくうねったように見えたのが、少し気味が悪かった。

こんな時間に、いったい誰が、と母が震える声で言った。

「また、あれかも。ほら、去年の女の子みたいな……」私はとっさにそう口走った。

前の年の冬、日が落ちて、急速に気温が下がり始めたころ、我が家のブザーを鳴らした見知らぬ少女がいた。コートも着ておらず、所持金はわずか百五十五円。汚れた顔でぶるぶる震えていて、話の辻褄《つじつま》も合わない。どう見ても家出少女に違いなかったので、母はその子を家にあげ、熱いココアを入れてやりながら、私に指示して警察に電話するようにと命じた。

地元の警官がやって来るころ、少女は沈黙していることに耐えられなくなったのか、声をあげて泣き出した。福島の小さな町から出てきた、という。親と喧嘩《けんか》をし、思わず家を飛び出して電車を乗り継いできたが、見知らぬ土地で寒さと空腹に耐えがたくなった。ふらふらと歩きながら、ふとこの家が目にとまり、気づいた時はブザーを押してしまっていた……そういう話だった。

何よ、それ、と夏美が声をひそめ、目を大きく見開いて私を睨《にら》みつけた。「去年の家出の子のこと言ってんの？　また家出の子が来てうちのブザーを押したわけ？　こんな時間に？」

夏美の言う通りだった。いくらなんでも、夜の十時過ぎに、またしてもどこからか家出をしてきた少女だか少年だかが、人の家の、使わなくなったブザーを鳴らすはずもなかった。

おとうさんよ、きっと、と母が言った。一本調子の、妙に低いだみ声になっていた。母の声ではないようだった。

「馬鹿なこと言わないでよ」と私はたしなめた。苦笑いまでしてみせた。そうでもしないと、底冷えにも似た恐怖心が這い上がってきそうだった。「おとうさんは今頃、天国で森田《もりた》のおじさんと将棋をさしてるはずでしょ」

森田のおじさん、というのは数年前に病死した、父の幼なじみだった。父にとっては唯一無二の友人だった人である。父は森田のおじさんと将棋をさすのを人生の一番の楽しみにしていて、自宅に招いたり、自分から会いに行ったりしていた。

夏美は泣きそうな顔をして、勢いよく玄関に向かう廊下のほうに視線を移した。ぐるりとまわした首が、そのまま一回転してしまうのではないか、と思われた。

私は夏美よりも十三も年上である。もう二人目の子どもはできない、と両親が諦めていた矢先、父が四十七、母が三十九の時に授かった命が夏美であり、夏美はとりわけ父に可愛がられて育った。

私が勢いよく椅子から立ち上がったのは、年の離れた妹や老い始めた母の前で、長女としての威厳と勇気を見せたかったからだと思う。

居間の壁に取り付けてあるインタホンのモニターの前に立ち、ボタンを押して外の様子を窺《うかが》った。誰かがいれば、そこに映し出されるはずだった。

だが、何も見えなかった。空気が流れるような、ざらざらという陰気な音が聞こえてくるばかりだった。

「誰もいないけど?」と私は渾身の想いで陽気さを装いながら言った。「電気の配線の接触か何かが悪かったんじゃない? ほら、こないだ、インタホンを取り付けた時、そうなっちゃったのよ、きっと」

「ちがう」と母は喉の奥に痰《たん》をからませたような、嗄《しわが》れた声で言った。「おとうさんが帰って来たのよ。あんなに帰りたい、帰りたい、って言ってたから。やっと帰って来たのに、インタホンなんかがついていて、新しいものが苦手な人だったから、どうやればいいのかわかんなくて、それでブザーを鳴らしたのよ」

私は憮然とした表情を作り、母を無視した。この種の馬鹿げた想像ごっこにつきあっている暇はない、という顔を見せたかった。

妹は黙ったまま、怯えた顔つきで母を見ていた。透明なネイルが塗られた指先が、ちりちりと震えているのが目に入った。

私は大げさなため息をついてみせた。「そんなこと、あるわけないじゃない。とにかく見てくる」

居間から廊下に出て、つかつかと玄関に向かった。玄関の三和土《たたき》を照らす明かりのスイッチを押した。母がいつも履いていた、爪先のすり切れた小豆《あずき》色のサンダルをはき、木製のドアの内鍵に手をかけながら、「どなた?」と大声で訊《たず》ねてみた。

自分の声にぞっとした。誰もいない外に向かって、「どなた?」と訊ねるのは恐ろしい感じがした。おれだ、と答える父の声が返ってきたら、どうしたらいい、とちらと思った。

だが、ドアの向こうは静まり返っていた。「どなたです?」と私はもう一度、訊ねた。

ドアチェーンがかかっているのを確認してから、内鍵を外した。おそるおそる開けてみた。

三和土を照らしていた黄色い明かりが、溶けた飴のようになって流れ出していった。外には湿った冷たい霧がたちこめているだけだった。

誰もいなかった。人も動物も。ふだんなら湿度の高い季節になると、あたりを縦横無尽に飛び交う大小の蛾の姿さえ、見えなかった。

……あれから八年。そんなことがあったなど、とうの昔に忘れていた。

冷たい小石が幾粒も、間断なく背中を流れ落ちていくような感覚を覚えた。

私は大きく息を吸ってから、立ち上がった。足音をたてないようにして玄関に向かった。誰かが間違えてブザーを鳴らしてしまったのだろう、と思った。そうに違いない。

しかし、そうだとしても、なぜ？　使われなくなったブザーはもはや、玄関脇の壁の、鬱蒼《うつそう》とした木立や茂みの蔭《かげ》に埋もれ、苔《こけ》むし、風化して、もとの形状すら失いかけている。すでにブザーとしての機能は失われているに違いなく、たとえ誰かが誤って押したのだとしても、鳴るはずがなかった。

「どなた？」と私は木製の黒ずんだ扉の向こう側に向かって、おそるおそる声をかけた。

再び三たび、八年前の記憶が甦《よみがえ》った。同じ問いかけをしている、と思った。

居間に引き返し、インタホンのモニターで、外の様子を確かめよう、と思った。そのほうが安全だった。モニターに何も映っていないのだとしたら、やはり、八年前と同じ現象が起こったことになる。

踵《きびす》を返し、居間に向かおうとした、その瞬間。扉の向こうから「突然、お邪魔いたしまして申し訳ありません」という、女の声が聞こえてきた。くぐもった声だった。「……杉浦《すぎうら》の家内でございますが」

杉浦、と聞いたとたん、頭の後ろのほうの髪の毛がひと束、何ものかに強く引っ張られたような感覚に襲われた。私は息をのみ、その場に立ちすくんだ。

杉浦、というのは、夏美が交際していた男である。夏美は安田との離婚が成立してから、杉浦と出会い、恋におちた。

杉浦には妻がいて、世間で言うところの、いわゆる「不倫関係」だったが、夏美は彼に夢中だった。杉浦も夏美を憎からず思っているのは傍目《はため》にもわかっていたから、そんなに好き合っているのなら、と私も多くは言わずにいた。こういうケースは、まわりがとやかく言えば言うほど、深みにはまる。

昨年の六月末、夏美は杉浦と伊豆《いず》の海辺の町に小旅行に出かけた。杉浦は妻に嘘をついて職場に休暇願を出し、レンタカーを借りたり、宿の手配をしたりしてくれたという話だった。夏美の喜びようは大変なものだった。

夏美はさやかに、ママの職場の社員旅行があって、伊豆に一泊してくる、と嘘をついた。納得したのかしないのか、私の覚えている限り、さやかは何も言わなかったし、疑うような素振りも見せなかった。

一泊して、翌日の夜には帰る、と言っていたのに、夏美は深夜になっても戻らなかった。連絡もなかった。二人が海で溺死した、という一報が入ったのは、夜が明けたころのことである。

岩場で遊んでいた夏美が足をすべらせて海に落ち、深みにはまった。溺れかけた夏美を助けようとして、杉浦が水に飛びこんだが、思いがけず波が荒く、やがて二人の姿は見えなくなった。遺体は潮に乗って海に流されたため、発見に少し時間がかかった。そういう話だった。

たまたま近くに目撃者がいたからよかったようなものの、そうでなかったら、流されたまま漂流し、遺体すら上がらずにいたか、あるいは獰猛《どうもう》な魚に食い千切られて、影もかたちも失っていたかもしれない。二人は手をつないでいたのではないか、と思われるほどの至近距離で、それぞれ発見されたと聞いた。

杉浦の妻、滝子《たきこ》とは、夏美亡きあと、二度顔を合わせている。一度目は、遺体確認に出向いた警察署で。二度目は、夏美の納骨の後、墓所で。私が、さやかを連れて霊園を出ようとしていた時だった。

「おや、こちらでしたか」と唐突に声をかけられ、私があまりにぎょっとして返す言葉に詰まっていると、滝子は、ほほ、とうすく笑った。「いろいろとお宅さまとは偶然が重なるものですねえ」

死んだ杉浦の墓も、同じ霊園にあったのか、と思っていやな気持ちになったが、そうではなかった。なんでも高校時代の恩師の墓がその霊園にあり、その日、滝子は供養に訪れたところだという。

杉浦の納骨の時期でもあったので、なぜ、この時期にわざわざ恩師の墓の供養に、と怪訝《けげん》に思ったが黙っていた。滝子は痩せてふくらみのない扁平な胸に、茶色い小さな、見るからに年老いたチワワ犬を抱いていた。犬は始終、はぁはぁと赤い舌を出したまま、小うるさく息をしていた。

夏美の納骨の儀を終えたので、これから戻るところだ、という話をしようと思ったが、そんな話をする必要はない、と思い直した。代わりに口にする言葉を探していると、滝子の顔から急に笑みが消えた。滝子はふいに、いやな目つきでじろりと、私の背後を睨みつけた。

「そちら、もしかして……」

私はうなずいた。「妹の娘です」

紹介しなければならないような相手ではない。そう思いながら、かたちばかりさやかのほうを振り向いた。

さやかが、蜉蝣《かげろう》のようにうすい色になって、そこにぼんやりと立っているのが見えた。長めに伸ばしたおかっぱ頭の両サイドの髪の毛が、うつむいた顔を覆い隠していたため、表情はわからなかった。

「中学生でしたわね。一年生？」

さやかは黙っていた。代わりに私が「そうですけど」と答えた。

「まだ中一なのに。まあ、おいたわしいことで」

皮肉なのか、厭味《いやみ》なのか、そう言うと、滝子はばか丁寧なほど深々と一礼し、抱いていた犬の耳元で何ごとか囁《ささや》きながら、そそくさと去って行った。

以来、滝子とは会っていない。消息も聞いていない。

……あまりに旧くなり過ぎて、開け閉めするたびに蝶番《ちょうつがい》がぎしぎしと音をたてるようになった玄関扉を細く開けると、目の前に杉浦滝子の、色白だが小じわの多い顔が迫っていた。扉に額《ひたい》をあてがい、こちらを覗《のぞ》いてでもいたかのようだった。私は叫び出しそうになった。

気を取り直し、ひと呼吸おいてから、扉を大きく開けた。滝子は手にしていた緑色の、男ものののような大きな傘をゆっくりと閉じ、あとじさるようにしながら、傘ごと両手を前にそろえて、深々とお辞儀をした。

腕にかけた、革の剝げかけている黒いトートバッグが膝のあたりで揺れた。「たいへんご無沙汰しておりまして」

灰色の、胸のあたりにピンタックの飾りがあるだけの地味なブラウスに、黒い薄手のプリーツスカートをはいていた。スカートの丈は長すぎて、雨の中、ひきずって歩いてきたかのようでもあった。

七月に入ったばかりの、いっときも晴れ間の出ない梅雨空《つゆぞら》の下、玄関まわりは何もかもが湿っていて、息苦しくなりそうだった。手入れが行き届かない木々や草が、好き放題に枝を伸ばし、葉を繁らせ、雨に打たれたそれらが、どっぷりと水を湛《たた》えながら頭を垂れているのが見えた。

父が好きだった沙羅《しゃら》の樹の花は、咲いたそばから散り落ちていった。苔むした地面のそちこちに散らばった白い花が、小鳥の雛の骸《むくろ》のように見えるのが気味悪かった。

滝子はすっと顔を上げ、抑揚のない言い方で「本日は」と言った。「こちらさまにお線香をあげさせていただこうと思って参りました。もっと早く、と思っていたのですが、なかなか出られませんで」

「そんなこと、わざわざ……」と私は言った。

後が続かなかった。追い返すわけにもいかない。

「実は先日、ラブを亡くしましたんです」

「ラブ?」と不審に思って訊き返すと、滝子は、ふふ、と微笑を返し、「犬ですよ」と言った。

「前に私、抱いていましたでしょう? お墓で」

「ああ」と私は言った。滝子に抱かれて、赤い舌を出し、せわしなく息をしていた犬の姿が甦った。よく知りもしない相手の、興味も関心もない犬のこととはいえ、いやな気持ちがした。

「……しばらく放心状態でした。杉浦に続いてラブまで、と思いますとね、やっぱりね。でも、なんとか気持ちを奮い立たせて、やっと外出できるようになりました。それで今日はこうやって伺わせていただくことに」

「そうでしたか」

「ラブが急におかしくなったのは、十八歳の誕生日を迎えた日の翌日なんですよ。おばあちゃんでしたからね、仕方ありませんけど。私と同じでね」

「いいえ、そんな」と言いかけ、私はまたしても曖昧《あいまい》に口を閉ざした。

滝子は死んだ杉浦よりも十二歳年上と聞いている。となると、今年で五十七になる計算だった。自らを老婆と呼ぶような年齢ではないが、見た目は実年齢より十も二十も老《ふ》けて見えた。

若いころ、滝子は小さなクラブでホステスとして働いていたことがあり、杉浦とはその店で知り合った。杉浦はそこそこ名の知れた和菓子屋に勤務していた。営業の仕事だったので、取引先の客に連れて行かれ、滝子と知り合ったのだという。

滝子はすぐに杉浦に夢中になった。杉浦も滝子の、落ち着いた物腰や軽薄さのかけらもない、おとなびたふるまいに惹かれたらしい。一回りも年上、というのが問題にされたが、杉浦はもともと気が弱いところがあったのか、強引に押し切られるといやとは言えない性分で、そのまま結婚に至った。年齢的な問題以前に、滝子のからだに原因があり、夫妻の間に子どもはできなかった……そういった一連の話は、生前の夏美から聞かされていた。

夏美は、杉浦が妻のことをすでに女性としては見ていないこと、しかし、そのことをすまなく思っていること、それほど優しい人柄なのだ、ということをことあるごとに私に熱く語っていた。夏美の中で、杉浦はいずれ妻と別れ、自分と結婚する、という物語は日を追うごとに完成されていった。さやかの写真を見せるたびに、杉浦は、僕にもこんなに可愛い娘がいたら嬉しいんだけどな、と夢みるようにつぶやくのだという。そんな話を自慢げに私に報告していたこともあった。

真相はどうだったのか、今さら知る由もない。だが、少なくとも、妻に隠れて恋人と一泊旅行に出かけるくらいだったのだから、杉浦のほうでも、まんざらでもなく思っていたのは明らかで、夏美とも妻とも別れず、うまく人生を楽しもうと軽く考えていたのかもしれない。どこにでも転がっているような話であり、こんなことにならなかったら、夏美もいずれは諦めがついて身を引くか、それができないのなら、当面の間、秘密の関係を続けるか、していたことだろうと思う。

さやかの父親である安田という男は、都内の海産物加工会社に勤務する会社員だった。安月給なのに、見かけだけはよくて女好きのする男だったから、金銭をからませる必要のない、素人娘との遊びに明け暮れていた。次から次へと戯《たわむ》れの情事を繰り返し、家に帰らないことも少なくなかった。

夏美に問い質《ただ》されると、のらくら嘘を言い、泣かれると、苛立ってそこらにあるものを壁に投げつけることもあったと聞く。夏美は一時期、身体をこわし、七キロも体重を落とした。

そのくせ、安田は体面を気にし、離婚には応じない、と駄々をこね続けた。一人娘のさやかと別れるのがいやだったからかもしれないが、それだけではなく、離婚後、さやかの養育費を支払い続けることに、二の足を踏んでいたと思われる。私に言わせれば、度し難い吝嗇家《りんしょくか》、好色なだけの薄情な男だった。

そんな安田と離婚が正式に成立したのは三年前。杉並のマンションから安田が出て行ったあと、夏美は連日のように私に電話をかけてよこし、姉妹で他愛のない世間話に興じるようになった。

父の死の四年後、庭の草むしりをしていた母が突然倒れ、搬送先の病院で息を引き取った。急性心不全だった。

以来、私は誰もいなくなったこの家を守ってきた。朝から晩まで一人、というのは慣れてみればどうということもないが、正直なところ、少しさみしさを感じ始めていたところだった。離婚した妹との、気を使わずにすむおしゃべりは楽しく、ありがたかった。

ここは東京郊外の古くからあるベッドタウンである。周囲には凄まじい勢いで空き家が増えつつあり、過疎化が進み始めているのは目に見えていた。住人は高齢者ばかりで、近くの公園でも、ベンチに背中を丸めて座っている老人ばかりが目につく。公園や空き地で、野球やキャッチボールに興じる子どもたちの賑やかな声を聞くことがなくなって久しい。

大きな家ではないが、青い洋瓦の載った和洋折衷造りの平屋建ては庭に面して横長に拡がっていた。父の趣味でこれでもかと植木屋を呼んで植えさせていた樹木が生い茂り、建物はその蔭にのまれてしまっている。定期的に手入れをしてもらわなければならないのはわかっていたが、とてもそんな余裕はない。

茫々たる草木で被《おお》われている庭のどこかに、風体《ふうてい》の怪しい人間が隠れひそんでいるのではないか、という想像は日常茶飯になった。五十を超えたとはいえ、女が独《ひと》り、このような家で暮らし続けるのも物騒な話である。今はとりあえず健康だから問題ないが、そのうち身体を壊したり、足腰が不自由になったりしたら、どうすればいいのだろう、という不安もあった。

当時、さやかは小学六年生になっていた。中学入学を目前にして、転校させるのはかわいそうだとわかっていたが、或《あ》るとき、話の流れのついでに、気軽な口調で「ねえ、三人で一緒に住もうか」と夏美に声をかけてみた。夏美が、一瞬、押し黙ったので、私はあわてて、「冗談よ、冗談」と言い直した。「さやかちゃんを今ごろ転校させるわけにはいかないことくらい、よくわかってるから」

すると夏美は、「冗談なの？　本気じゃないの？」と大まじめに訊き返してきた。

夏美のほうでもさやかを連れて実家に戻り、私と三人で暮らしたいと思っていたそうで、それを聞いたとたん、不覚にも私は少し涙ぐんだ。

夏美と違って、私には結婚経験もなければ、むろん子どももいない。恋愛もどきのようなことが起こらなかったわけではないが、異性とのひとときを素直に楽しめるほど自分に自信がなく、初めから腰が引けていたからうまくいくはずもなかった。

子どものころからピアノを習ってきたので、音楽大学に進もうとしたものの、ことごとく受験に失敗した。かろうじて引っかかったのは、千葉にある、あまり程度のよくない私立大学の音楽科だった。実家からは遠くて通える距離ではなかったが、幸い、ピアノの練習もできる学生寮がついていたため、私は寮暮らしを始めた。

在学中、友達と呼べるような相手はできなかった。恋どころか、華やいだことなど、一度も起こらず、将来の夢も瞬く間に先細りになっていき、やがてどうでもいいことのように思えてきた。

卒業後は、当たり前のように実家に戻った。初めのころは、自宅で近所の子どもたちにピアノを教え、小遣い銭を稼いでいた。生徒数が増え、それなりに忙しくしていた時期もないでもないが、地域の子どもの数が減ってしまうと、「ピアノ教室」の看板も下ろさざるを得なくなった。今は、両親が遺してくれたわずかな蓄えと、ピアノ教師をしていた時に貯金しておいた金を少しずつ崩しながら、かろうじて生計をたてている。

父が、都内に一つ、賃貸物件を所有していてくれたため、少ないながらも現金収入があるからいいものの、それだけではとてもやっていけなかった。それなのに、夏美親子との同居を決めたのは無謀だったと言えるかもしれないが、それほどまでに私は独りでこの家で暮らし、この家で老いていくことを侘《わび》しく、心細く思っていたのである。

幸い、さやかの転校先もすんなりと決まった。小学校六年の途中で転校させることになるが、私立に入れるわけではないのだから、どこの公立中学に進学させようが、同じことではないか、というのが夏美の意見だった。

夏美親子がマンションを引き払い、ここに越して来たのは一昨年の秋である。

生来、口数が少なく、おとなしくて何を考えているのかわからない子どもだったが、さやかは、両親が離婚した上、転校を余儀なくされて、以前以上に口をきかなくなった。

何を訊ねてもうなずくか、首を横にふるか、するだけで、埒《らち》があかない。学校の必要な連絡事項などは、短い言葉を連ねて夏美に報告していたが、それ以外のことに関しては、めったに口を開こうとしなかった。

「何を考えてるのか、全然わかんなくて」と夏美が不安げにぼやくのを何度耳にしたかわからない。「ちゃんと毎日、学校にも行ってるし、成績も悪くないどころか、かなりいいの。よく勉強もしてるしね。まじめなことは確か。さすがにこんな時期に転校させちゃったから、友達はまだいないみたいだけど、別にいじめられてる様子はないのよ。担任の先生に訊いても、気になることは何もありません、って。でも、自分の世界に入りこんだっきり、出てこないじゃない。引きこもりかもしれないんだけど、でも、毎日ちゃんと学校に行ってる引きこもりの子、っているわけ？　ああいう子って、そのうち、ドカーン、って大きな問題、起こすんじゃないかと思うの。だから、すごく心配で」

私は「そんなこと、絶対ないよ」と言って、夏美を励ました。「さやかちゃんはすごく頭がいい子だもの。無口なのは今に始まったことじゃなくて、生まれつきだったんだから、それはそれで、立派な個性だと思っていいんじゃない？」

でも、と夏美は言いづらそうに言った。「私が離婚しちゃったからね。かわいそうだったな、って思って。あんな男でも、あの子にとってはたった一人の父親だったのに。無理してでも結婚生活を続けていれば、表向き、ふつうの家庭でいられたかもしれないし、さやかもあんなふうには……」

そういう考え方はよくない、と私はそのつど、大まじめに夏美を諭《さと》した。安田さんとは別れて当然だったんだし、長い目で見たら、さやかちゃんにとっても、離婚したほうが絶対よかったに決まってる、思春期を過ぎたら、そのうち少しずつ親にも気持ちを開くようになるんだから、それまで信じて見守ってあげなきゃ……と。

そうなるという自信があったわけではない。それどころか私も夏美同様、さやかの生活態度から、何か得体の知れない種類の、ひんやりとした不安を感じてもいた。夏美が案じていた通り、両親の夫婦仲の悪さから離婚に至った、という経緯が、幼い子どもの心を閉ざしてしまったのかもしれない、と思うこともあった。

だが、だからといって、今さらどうすることもできない。私までさやかの将来を案じ始めたら、収拾がつかなくなる。だから、私は夏美の前では、さやかに関する不安は一切、口にしなかった。

さやかは問題を起こさない。ものしずかに勉強し、ものしずかに暮らしているだけのおとなしい子。こんなに口をきかないのは、あの子の個性であり、もしかすると天才肌の子なのかもしれない、などと自分に言い聞かせてもきた。

実際のところさやかに年頃の娘らしい一面がまったくないわけではなかった。学校から帰るとすぐに部屋に引きこもってしまうものの、部屋で誰かとＬＩＮＥをし続けている様子もあった。今の学校ではもちろん、前の学校でも、友達はいなかったと夏美が言っていたが、案外、少女は親の知らない友人をもっていたりするものだ。

小学五年生になった時に、夏美が買い与えてやったスマートフォンを片時も手放そうとせず、音楽を聴いているのか、ゲームをしているのかはわからないが、部屋でイヤホンをつけたさやかが、楽しげに足で軽くリズムをとっている姿を目にすることもあった。そうした姿は、どこにでもいる中学生の女の子と変わらないようにも感じた。

また、夏美から聞いたことだが、さやかは以前から人気男性J－POPグループ「東京デビルズ」のファンだったそうで、部屋の机の脇に、彼らのグラビアページが載っている週刊誌や女性誌が積んであった。スマートフォンで好んで聴いているのは、「東京デビルズ」の曲なのかもしれず、そのことを想像すると微笑ましかった。

ともあれ、年の離れた妹と、無口だが問題は起こさない姪《めい》との三人暮らしは、少なくとも私には快適だった。

姉妹でスーパーに出かけ、倹約してお金のかからない買い物をしたり、並んで台所に立って、ぺちゃくちゃしゃべりながら料理を作ったりするのは楽しかった。甘いものをつまみながら、テレビで観た芸能人のゴシップに花を咲かせたり、夜、さやかが寝たころを見計らって、安ワインの栓を抜き、それぞれのグラスに注いで飲みながら、死んだ両親の思い出話に興じたり。その何もかもが、私にはしみじみありがたいひとときだった。

庭の一画にコスモスの苗を植える時も、新しいパスタ料理に挑戦する時も、コーヒーをいれて寛《くつろ》ぐ時も、いつもそばには夏美がいてくれた。年が離れすぎているせいか、喧嘩らしい喧嘩をすることもなかった。姉妹だからこその気のおけない関係は、私を孤独と不安から救ってくれた。

ずっとこんな暮らしが続けばいい、と思っていた。続くだろう、と確信もしていた。

だが、ある日、夏美が「私、働こうと思って」と言い出した。我が家の家計が火の車であることを知って、たいそうすまなく思っている様子だった。

お金のことなら、気にする必要はない、まだまだ大丈夫、なんとかなる、と言ったのだが、彼女はやんわりと首を横に振った。「なんとかなる、なんて楽観的すぎるよ、お姉ちゃん。私とさやかがいつまでもおんぶに抱っこ、ってわけにはいかないでしょ」

夏美はやがて、私鉄駅前にある和菓子屋の支店でパートの仕事を見つけてきた。頭に糊の効いたラベンダー色の頭巾をかぶり、店先で接客をするのが主な仕事だった。なにごとにつけ、物覚えがよかったから重宝がられ、客の受けもいいようだった。「夏美ちゃんがいると売り上げアップになる」と店主から世辞まで言われて、夏美は気をよくしていた。

後に伊豆の海で仲よく溺死することになる杉浦と出会うきっかけを作ったのも、そのパートの仕事である。仕事で店に定期的に通ってきていた杉浦と顔を合わせ、世間話に興じるうちに、じきに男女の仲になったらしい。

ある日、そうとは知らず、「ねえ、なっちゃん。最近、なんだかきれいになったね」とからかってみた。「もしかして、恋をしてるとか?」

まさか、と全否定されるとばかり思っていたが、夏美はふいに目を潤ませ、「お姉ちゃん」と興奮口調で言った。そして、まるで接吻でもしかねない勢いで、私に飛びついてくるなり、首すじに火照《ほて》った顔を埋めてきた。

そうなの、好きな人ができたの、私、今、恋をしてるの、と夏美は私の耳元で囁いた。妹の、火のように熱い吐息が耳朶《じだ》をくすぐっていき、その時、なぜだかわからないが、私は思わず胴震いした……。

「……おあがりください」

私は、杉浦の妻、滝子に向かって言った。

突然の来訪には、何か魂胆があるのかもしれず、そもそも、自分の亭主と一緒に死んだ女の家を訪ねて、今さら線香をあげさせてほしい、などと言い出すのは常識を逸脱しているとしか思えなかったが、受け入れるしかなかった。

滝子は、手にしていた傘をくるりと逆さにして玄関先に立てかけ、私に続いて中に入って来た。そばを通り過ぎた時、白檀《びゃくだん》のような強い香りが鼻をついた。思わずえずきそうになる、毒々しい香りだった。私は気づかれぬよう顔をそむけた。

「今、こちらにはどなたも？」

「は？」

「いえ、今はお独りで住まわれているのですか、という意味ですけど」

私は「姪と」と言ってから、言い直した。「妹の娘と二人暮らしです。もうじき、学校から戻って来ます」

「さやかちゃん、でしたか」

なぜ、さやかの名を知っているのか、わからなかった。あるいは、生前、杉浦は夏美の子どもがさやかという名であることを妻に明かしたことがあったのかもしれなかった。

そんなことはどちらでもよかった。私は黙っていた。

「さやかちゃん」と滝子が歌うように言った。「今、おうちの中にいらっしゃるんじゃ……」

「どうしてです?」と私は少しむきになった。「今日は月曜日ですよ。日曜じゃないんです。さやかは中学に行っていて、まだ戻っていません」

「そうですか。でも……」

滝子はそう言ったが、ふと口をつぐんだ。何を言おうとしたのか、わからなかった。能面のような、冷やかなつやのない顔だけが、仄暗い中空に浮いたようになった。軒先から滴《したた》り落ちる雨滴の音が、そこかしこから聞こえてきた。

早く線香をあげ、帰ってほしかった。だが、お茶くらい出さねばならない。夏美亡きあと、自分のために湯をわかすことすら億劫になっているのに、どうしてこの女のために、そんなことをしなくてはならないのか、と思った。地の底に引きずりこまれるような、不快な感覚が足元から伝わってきた。

仕方なく滝子の先に立って歩き、居間まで案内した。居間に置いた仏壇の中には、三つの位牌を並べてある。父と母、そして夏美。祖父母の位牌をおさめてある旧い仏壇とは別に、洒落た木目調の、小ぶりの仏壇を用意し、私は日々、線香をあげ、手を合わせてきた。

時にはさめざめと泣き、仏壇の前に座りこんだまま、何時間もたってしまうこともあった。ぶつぶつと位牌に向かって話をし、何を言っているのか、わからなくなって、自分の気が変になっているのを感じることもあった。

「散らかっておりますけど……」

小声でそう言うと、滝子は、黙ったまま私の後ろにまわった。その直後、どん、という鈍い音が響いた。

はっとして振り向いた。滝子は、手にしていたトートバッグをいきなり床に落とした様子だった。置いたのではない、落としたのだ、と思うと腕のあたりが一斉に粟《あわ》だった。

「あちらですね」

「は？」

「お仏壇ですよ」

私はやっとの思いで微笑してみせた。「ご覧になればおわかりと思いますが」

「お妹さんの遺影だけが大きくていらっしゃいますのね」

まだ一周忌を過ぎたばかりということもあり、夏美の遺影は葬儀の時に使ったものをそのまま仏壇の脇に置いている。黒白のりぼんだけは外し、代わりに夏美が愛用していた模造パールの淡いピンク色のロングネックレスを遺影の縁にかけ、元気だったころの顔を華やかに彩ってやっている。

私が黙っていると、滝子は気取った口調で「それでは」と言った。「早速、お線香、あげさせていただきますので」

そう言うなり、ぞろぞろとスカートの裾を引きずるようにして床を進み、滝子はソファーの横のローボードの前に立った。仏壇や遺影はボードの上にしつらえてある。仏壇に向かって、うすい柿渋《かきしぶ》色の座布団が一枚。

滝子はその座布団を覆いつくさんばかりに、黒いプリーツスカートを大きく拡げて腰をおろすなり、何か気ぜわしく、慌ただしいしぐさで、おりんを何度か、立て続けに鳴らした。おりんの音は、人のいない体育館で音叉を鳴らした時のように、長々とあたりに響きわたり、消えることがなかった。

少し風が出てきたようだった。出窓の外に見える、沙羅の樹の枝が窓ガラスをこする音がした。ぱらぱらと雨滴が飛び散る音がそれに続いた。

外と同様、室内はひどく蒸し暑かった。蒸し暑いのに、どこかひんやりと冷たい空気が漂っていて、私はそれを滝子のせいに違いない、と思った。

滝子はマッチをすって蠟燭《ろうそく》に火をともし、線香を焚き、線香台の真ん中に一本立てて手を合わせた。何を考えているのか、わからなかった。何のために来たのか。本気でこんなことをするために、やって来たというのか。憎んでいるのか。未だに嫉妬にかられているのか。運命そのものを呪う気持ちから抜けられずにいるのか。

滝子は夏美の遺影に向かって、正座したまま、じっとしていた。呼吸するのも忘れてしまったかのようだった。

いたたまれない気持ちになり、私はその背に向かって問いかけた。「あの……さっき、ブザーを鳴らされましたね」

滝子はぴくりとも動かなかった。かまわずに私は続けた。「もう、とっくの昔に使わなくなったものなんです。それなのに、あのブザー、ちゃんと鳴ったんですよ。ふしぎです」

わずかの間をおいた後、滝子がまるでぜんまい仕掛けの人形になったかのように、くるりと身体ごとこちらを向いた。ほほ、と短く笑い、「どうしてまた」と言った。「そんなことおっしゃるんです」

「どうして、って……おわかりでしょう？　あのブザーはもう鳴らないものなのに。それが、鳴ったんです。おかしいじゃありませんか」

「それで？」

畳みかけるように聞き返され、私はまごついた。「ブザーの脇にインタホンがあるんですよ。目に入らなかったはずはないと思うんです。どうしてインタホンではなく、ブザーを鳴らされたのか……」

「そんなこと」と滝子はあまり興味なさそうに、しかし非難めかして言った。「何か大きな問題がございまして？」

「いえ、問題、というほどでは……」

「それより」と滝子はふいに声をひそめた。「さやかちゃん、本当に？」

「何です」

「このおうちにいらっしゃらない？」

「何度も申し上げました。さやかはまだ学校から……」

「学校から帰らない？」

「そうですよ」

「学校から、ね」

「いったい何をおっしゃりたいんです」

「お部屋をご覧になってみたらよろしいのに」

私は滝子をまじまじと見つめ、眉をひそめ、口をへの字に結んだ。「おっしゃっている意味がわかりません」

「それほど大したことではありませんけど。でも、一応、お教えしといたほうがいいかと思いまして」

いきなり、強い力で氷の張ったプールか何かの中に突き飛ばされたような気がした。全身の毛穴が一瞬にして閉じ、息が詰まった。

気がつくと私は立ちあがり、居間を飛び出していた。なぜ、そんなことをしているのかわからなかった。

さやかが今、自分の部屋にいるはずはなかった。今朝、そぼ降るべたついた雨の中、いつものように無言のまま、黄色い傘をさして学校に出かけて行った。

その後ろ姿を私は玄関先で見送ったではないか。行ってらっしゃい、気をつけて、と明るく声をかけたではないか。さやかが庭先の沙羅の樹の脇を通り抜ける時、一瞬、枝の先に咲く白い花を見上げた。その、夏美によく似た面差しの横顔も目にしたではないか。この子がいてくれるからさびしくない、自分はこれから、この子のために生きなくては、夏美の代わりにこの子を育て上げなくては、と強い気持ちで思ったではないか。

さやかのためには、かつて母が居室として使っていた部屋をあてがってやっていた。家の一番奥。廊下の突き当たり。庭に面した、畳敷きの八畳間である。日当たりもいいし、静かで風通しもいい。庭の樹木がよく見える。

部屋の戸は木製の引き戸。鍵はかけられない。だからいつでも開けられる。

まだ学校から戻っていないのだから、さやかがそこにいるわけがない。そうわかっているくせに、私はなぜか、引き戸の向こうにさやかがいて、いつものようにイヤホンを耳にし、スマートフォンを手にしているのではないか、と思った。思ったとたん、脳天から尖った氷の柱を突き刺されたような感じがした。

引き戸の前に立ち、ためらった。頭が変になっている、と思った。あんな女の言うことを真に受け、留守中の姪の部屋の前に佇《たたず》んでいる自分が信じられない。

ノックをする必要はなかった。中には誰もいないのだ。無人なのだ。どうしてノックなどしなければいけないのだ。

引き戸に手をかけ、ひと呼吸おいて、ひと思いに開けた。

窓の向こうに、すでに小暗くなり始めた庭が拡がっているのが見える。そこからは沙羅の樹は見えない。代わりに鬱蒼と生い茂る樹木が、ただでさえ暗い空間を被《おお》っている。

庭に面して勉強机が置かれている。机の上には「東京デビルズ」のグラビアページが見える。

何かの情報誌の見開きカラーページのようである。

　中学校の制服姿で机に向かい、椅子に座り、スマートフォンを手にしながら、イヤホンを耳にあてがっているさやかがいる。何度も何度も、見慣れた後ろ姿である。

　私は息が荒くなってくるのを覚える。頭の中がぐるぐると急速に回転し始めたような感じがしている。時間が巻き戻されているのか、それとも手の届かないほど遠いところに連れて行かれようとしているのか、何もわからない。

　やっとの思いで声をしぼり出した。

「……さやかちゃん。学校、行かなかったの？　ずっとそこにいたの？」

　さやかは答えない。身動きひとつしない。

「部屋にいたなんて、おばさん、ちっとも知らなかった。どうして何も言ってくれなかったの？」

「ほうらね」といきなり背後で滝子の声がしたので、私は飛び上がった。

「やっとおわかりになったみたいね」

　私は、はあはあと荒い息を吐き続けた。一年前、滝子が抱いていた犬のような息だ、と自分でも思った。

「あなた、何を言ってるんです」

「まだわからないの？」

　ほほほほ、と滝子は気取った笑い声をあげた。「お位牌が三つしかなくて。ご両親とお妹さんの。まあ、どうしたことですかしら。何をそんなに血迷って」

「ですから、ですから」と私は繰り返した。「ですから、いったい何をおっしゃりたいのか……」

「お位牌をね」と滝子は続けた。「早くもうひとつ、置いておあげなさいな。いつまでもこのままだと、さやかちゃんが浮かばれませんよ。杉浦だって同じです。さやかちゃんさえ、あの日、海で溺れなかったら、杉浦は死なずにすんだんですから。あなたがさやかちゃんをきちんと供養してあげない限り、杉浦だって浮かばれないんです。ごらんなさいな。さやかちゃんは、どうすればいいのか、わからなくて途方に暮れたまんま、いつまでもさまよっているのよ。みんなあなたのせいなのよ」

　私はがくがくと震える首をまわし、もう一度さやかを見た。さやかが確かにそこにいる。黒くざらざらとした、とりとめのない影のようになって椅子に座っている。

　さやかは、大好きな「東京デビルズ」の曲を聴いているのだ、私に黙って学校をさぼり、ずっとこの部屋に隠れて好きな音楽を聴いていたのだ、滝子という女は頭がおかしいのだ、どうかしているのだ、伊豆の海で死んだのは夏美と杉浦である、さやかが一緒に伊豆に行ったはずはない、夏美が死んでから、ずっとこの家で私と一緒に暮らしてきたではないか、この家から毎日、学校に通っていたではないか、と思ったとたん、さやかの耳につけられたイヤホンの先端がスマートフォンに接続されておらず、だらりと力なくぶら下がっているのに気づいて、私は思わず両手で口をおさえ、声にならない叫び声をあげた。

アネモネ

三月二十七日。窓の外に見える児童公園のソメイヨシノが、一斉に花開いた。

ねえねえ、桜がきれいよぉ、と甘ったるく歌うように言いながら帰宅した三ツ木《みぎ》郁代《いくよ》は、その数時間後、金子《かねこ》将太《しょうた》に絞殺されることになるとは夢にも思っていなかったはずである。

彼女は公園に面した窓のカーテンを勢いよく開け放つと、「今が満開！」と華やいだ声をあげた。「この部屋、最高よねえ。居ながらにしてお花見できるんだもん。でもさぁ、将太。あとで寝る前に、ちょこっと散歩してこない？」

「散歩？」

「ていうか、夜桜見物。缶ビールとか柿ピーなんかも持ってって。明日、休みだし。遅くまで起きてたっていいんだし。ね、どう？」

将太は曖昧《あいまい》に微笑《ほほえ》んだだけで、応えなかった。まったくそんな気分になれなかったせいだし、郁代の、いつにも勝る甘ったれたしゃべり方にうんざりしたからだが、まさか自分がその数時間後、彼女を殺害することになろうとは、彼とて想像すらしていなかった。

「いや？　めんどくさい？」

「そんなことないけど。……夜中は少し冷えそうだよ」
「あったかくしてけば平気よ。お燗《かん》つけたお酒も持ってっちゃおうか」
「そこまでする？」
「あはは。冗談冗談。でも、まずはごはん食べようね。お腹すいたでしょ？　あたし、ぺこぺこ。早速、支度するね」

……将太は今、目を大きく見開いたまま、わなわなと震え続けている。呼吸は烈《はげ》しく乱れている。うまく閉じなくなってしまったくちびるの端から、いやなにおいのする唾液が生血のように滴《したた》り落ちてくるのが感じられる。

やってしまった、と思った。ついに、という気持ちもなくはなかったが、計画していたわけではなく、自分がなぜ、こんなことまでするに至ったのか、うまく思い出せなかった。

二十二も年上の女から夜な夜な、顔に化粧を施され、ショートやロング、黒毛や栗毛などの各種へアウィッグをかぶらされてきた。郁代が彼に提案する女装は遊戯《ゆうぎ》や趣味の領域を超えており、その服装選びも多岐にわたった。古いマンションの２ＤＫの狭い室内には、所狭しと女ものの衣類や装飾品があふれかえっていた。

初めのうちは、性的な意味合いを感じとって将太も興奮した。

それが若いころからの癖なのか、シナを作るような仕草や、色香ただよわせる豊満な肉体、舌ったらずの小娘のようなしゃべり方とは裏腹に、郁代は性的には淡白な女だった。触れ合っている時も控えめで、反応も鈍《にぶ》かった。時に、いやがっているのではないかと感じることさえあった。できたら女装してほしいの、とおずおずと頼まれて初めて、なるほど、そういうことだったのか、と合点《がてん》がいった。日常からかけ離れた遊びに興じていないと、性を楽しむことができなかったのだ、この女はそういう女だったのだ、と彼は思った。

だが、郁代が単に性的に興奮しようとして、彼に女装を提案したわけではないことは、まもなく明らかになった。

女の姿をした将太を前にしたとたん、郁代は全身の緊張をといた。深く安堵《あんど》する様子が手にとるようにわかった。

何のことはない、彼女が彼に女装を懇願《こんがん》したのは、彼に「危険を感じさせない男」「安全な男」でいてほしかったからである。性的な意味合いなど、皆無だったのである。そのことがわかったとたん、将太はひどくがっかりした。

郁代はかれこれ十五年ほど前に離婚している。原因は夫から受ける暴力だった。

夫は役所勤めの、ふだんは山羊《やぎ》のようにおとなしい、愛想のいい男だった。酒や煙草、賭け事もやらなかった。

それなのに、結婚後しばらくたってから、夫は次第に郁代を暴力的に扱うようになった。些細《ささい》なことがきっかけで不機嫌になると、突然、妻にあたりちらし、暴言を吐いた。テーブルの上のものをあたりかまわず投げつけた。それでも収まらない時には、彼女に殴りかかってきたりもした。

そのうち夫が不穏な状態になるたびに、郁代は恐怖のあまり、そそくさと家から出て行くようになった。追いかけて来る可能性もあったので、いつでも駆け込めるよう、交番が見えるビルの蔭《かげ》に隠れ、朝まで震えていたこともあった。

夫は時に、いやがる郁代を無理やり床に押し倒し、犯すようにして乱暴に性交した。最後まで抵抗し続けていたら、容赦のない平手が飛んでくるのがわかっていたので、応じるしかなかった。

あたしったら、三度も妊娠しちゃって、そのたびに黙って中絶してきたの、と言い、郁代はある時、さめざめと泣いた。だって、あんな人との間に赤ちゃんなんか、作れないじゃない、あの人の血が半分流れてる赤ん坊なんか、いらなかったの、あんな男を父親にしたくなかったのよ……。

離婚した後も、郁代の受けた傷はなかなか癒《い》えなかった。夫によって植えつけられた恐ろしい記憶は、時と場所を選ばずにふいに鮮やかに甦《よみがえ》り、彼女を苦しめ続けた。

だからあたし、男の人が怖いの、と郁代は言った。怖くて怖くてたまらないの、あんたのことは大好きだし、ずっとずっと一緒にいたいし、その、なんて言うのか、あんたはこんなふうにすごくやさしくしてくれるし、別れた夫とは違うんだ、ってことはよくわかってるんだけど、でもね、あんたが男だと思うと怖くなるのよ、あんたは男なんだから仕方ないし、あんたが男だからこそ、あたし、あんたに惹《ひ》かれるんだけど、でもやっぱり怖いのよ、だからお願い、あたしのために、つまり、その、こういうことをする時は、女の格好をしてくれないかしら……。

郁代はそう言って、上目づかいにくちびるを震わせた。お願い、そうしてくれない？　変なこと言ってる、って思われるのはわかってる、でも、そうしてもらわないと、あたし、あんたに抱いてもらうことができないの、でも、こんなこと言うのすごく恥ずかしいけど、あたし、あんたには、抱かれたいのよ、あんたにいっぱい愛されたいの……。

将太は何がなんでも郁代を抱きたかったわけではない。もし、郁代が性的関係は苦手なので、同居しても、そういうことは抜きにしてほしい、と言ってくるのなら、受け入れてもいいとまで思っていた。

性処理など、いつでもどこでもできる。相手が郁代でなければならない理由など、どこにもなかった。

そもそも、郁代とこうなったのは、郁代に女を感じたからではなく、まして恋愛感情を抱いたからでもない。郁代には一生かけても返せないほどの恩義があって、その借りを返すつもりで、彼女に調子を合わせているうちに、情愛なのか友情なのか、よくわからない、温室の中の湿《しめ》った小さな花のような気持ちが芽生《めば》えてきただけの話だった。

泊まってけば？　と言われて泊まり、それが二度三度と繰り返された。郁代は冷蔵庫の残りものを使いながら、いつも短時間で驚くほどうまい料理を作ってくれた。何事につけ世話焼きで、共に暮らす相手としてはたいそう居心地がよかった。気がつくと将太は、職場に辞表を出し、長年住んでいた安アパートを解約して、郁代の部屋に住みついていた。

彼女は日夜、将太くん、大好き、と無邪気《むじゃき》に口にした。照れながらもその気持ちに応えてやっているうちに、居心地のよさが増していった。そのうち郁代は、彼のことを気安く呼び捨てにし始めた。

「将太」と甘く呼びかけられ、「郁代さん」と応じると、「いや。呼び捨てにしてよ」と言われた。だが、なかなか呼び捨てにすることには慣れず、「郁代」と呼べるのは、行為の最中に限られた。だが、郁代、郁代、郁代、郁代……と彼が低く言い、果ててしまうと、郁代はいつも肩を揺すって笑い出した。「将太ったら。イク、イク、って言ってるみたい」

将太も笑った。だが、次の瞬間からはもう、「さん」をつけないと呼べなくなって、妙に落着き払った言い方で「郁代さんは何飲む？」などと問いかけているのだった。

郁代とは母親ほど年が離れているが、初めからそこそこ悪くはない女、という印象はあった。出会ったのは、彼が勤めることになった老人介護施設。愛らしいしゃべり方、ぽっちゃりとした体形に、とろりとした白い餅のような肌の郁代は、男の入居者に絶大な人気があった。

スタッフルームに戻るなり、今さっき、胸もまれちゃった、お尻も撫でられたのよぉ、などと、別にそれほどいやがっているふうでもないのに、眉を寄せながら同僚たちに明るく報告していた郁代は、初めから将太に好印象を与えていた。

口の中に唾をいっぱい溜めたようなしゃべり方は、聞きようによってはわざとらしくもあったが、将太の耳には時に、官能的に響いた。

ねえ、金子くん、と彼を呼び、そう言った瞬間、はっとしたように両手で口をおさえて、「あっ、いけない。職場の人をくんづけで呼んだりしちゃいけないわよね。ごめんなさい」と、さも生真面目《きまじめ》そうに謝ってくる時など、郁代は年齢よりも遥かに若く見えた。

郁代がいなければ、今の将太はいなかった。それどころか、犯罪者の烙印《らくいん》を押されていた可能性もある。彼の人生は郁代によって救われたのだった。

だから、郁代の気持ちには、何としてでも寄り添ってやりたかったのである。女装してほしい、という郁代の願いは、言下に断らねばならないほどの問題ではないように思えた。その程度のことなら、受けてやったってかまわないし、かえって面白いではないか、とさえ感じた。

ほうらね、将太、お髭《ひげ》をちゃあんと剃《そ》って、こんなふうにファンデを塗って、アイメイクもして……見てよ、あんたもこんなにきれいになるじゃないの、素敵、すっごい美人、いい女、どきどきしちゃう、などと冗談めかして歓声をあげ、無邪気に目を丸くしてみせる郁代を前にしていると、この女が、かつて味わってきた恐怖がわかるような気がしてくることもあった。

さぞかし亭主が怖かったんだろう、と将太は気の毒に思った。郁代は男が怖いから、男に女の格好をさせないと、性的関係をもてなくなってしまった。そんな彼女を心底、いじらしく感じたこともあった。

異様な習慣とはいえ、そのあとに始まる性行為のための儀式と割り切れば、どうということもなかった。世の中には、変わったかたちで性の営みを繰り返す男女が大勢いる。

だが、まさか、性行為のための女装だけではすまなくなっていく、とは将太は夢にも思っていなかった。

しばらくたつと、郁代は自分が帰宅する時間帯にも、将太が自分でメイクを施し、ウィッグをかぶり、女の姿をしていてほしい、と懇願し始めた。将太ではない、将太の肉体をもった女の姿になって、自分を出迎えてほしい、というのだった。

実に馬鹿げた提案だった。言下につっぱねることもできたはずである。性の楽しみのためなら、女の格好をすることくらい、なかなか面白いし、受け入れてやってもいいが、そうではない時にまで女の姿になっている、というのは、どう考えてもやり過ぎだった。

逡巡する将太に、郁代は人指し指で彼の腕をすうっと撫でながら、「いや?」と問うた。古い日本映画の中で、棒読みの科白《せりふ》まわししかできない大根女優が、媚《こ》びながら男ににじり寄っているシーンにそっくりだった。「そうしてくれたら、あたし、すっごく嬉しいんだけどな。玄関開けたら、女の子になってるあんたが、あたしを迎えてくれるなんて。こんな幸せ、ないんだもん」

「毎日?」と将太は訊《たず》ねた。やっとの思いで苦笑してみせた。

「そうよ、毎日」

「それはちょっと、すごいね」

「でも、あたしのためと思ってほしいの。一緒にご飯食べて、お風呂に入るまででいいから。いやだったら、途中でお化粧落としてくれてもいいから。あたしが帰った時に、そうしてくれてればいいの。ねえ、将太くん。お願い。できないことじゃないでしょ?」

鼻声で懇願された。将太は力なく微笑し、少し間をおいてみたが、気がつくと首を縦に振っていた。

すぐに飽きるだろう、と思っていた。そのはずだった。

郁代とて、たまには外で友達と飲みに行ったりしたいだろう。毎日毎晩、職場からまっすぐ家に戻る必要もない。そのうちきっと、そこまでの努力を将太に望むことを申し訳なく思い、「もういいの。あれをする時だけで充分よ」と言い出す時がくるだろう。

だが、郁代は何も言い出さなかった。それどころか、その習慣は途絶えることなく続けられ、やがて、郁代の帰宅時間に女の格好をしていることは彼の務めと化していった。

郁代は同僚と食事に行くこともなく、誰かと約束することもなく、伝書鳩のようにまっすぐ帰って来た。そして自分の鍵を使って玄関を開け、「ただいまぁ」とカナリヤさながらの甲高《かんだか》い声を放ち、不承不承《ふしようぶしよう》、女装した将太が仏頂面《ぶつちようづら》をして迎えに出ると、「今日は可愛いあんたのために、デパ地下で餃子、買ってきた。ここの、すっごくおいしいのよぉ。すぐにあっため直すから、一緒に食べようね」などと言って将太に笑いかけ、甘えたように寄り添ってきたりするのだった。

だが、その晩は違った。彼は彼女が帰宅する時間になっても、化粧をしなかった。ウィッグもかぶらなかった。何もせずに、缶ビールを三缶空け、冷蔵庫に残っていた甘すぎるアサリの佃煮を素手でつまみつつ、観たくもないＴＶを観ていた。

狭いダイニングのテーブルの上は、朝、郁代が出かけて行った時のまま、何も片づいていなかった。床には将太が脱ぎ捨てた靴下や丸めたティッシュが転がっていた。カップ麺の容器や缶コーヒーの空き缶が、台所の流しに積み上げられていた。

その日、将太は朝からひどく苛々《いらいら》していた。何もしたくなかった。ここのところ、そんな気分になることは増えていて、どうすれば払拭できるのか、わからないまま、彼はずっと「アネモネ」のことを考え続けていた。

「アネモネ」は、花屋で働く若い女である。前年の十一月、郁代の若いころからの持病である胆石が悪化した。強い痛みと発熱があり、受診した病院では、思い切って手術をしたほうがいい、と言われた。

腹腔鏡を使っての手術なら、入院日数も四、五日。退院したらすぐに日常生活に戻ることができる、という。長年、悩まされてきた症状から解放されたくて、郁代は手術を決断。入院手続きをした。

将太は入院初日から付き添った。まさか郁代が入院するとは思っていなかった。もしも今、郁代に何かあったら、行きがかり上、面倒をみなくてはならなくなるのは自分だった。そんなことになったら、急いで仕事も探さねばならなくなる。それは何より煩《わずら》わしいことだったので、彼は手術が危険なものではないと知り、ほっとしていた。

検査のために病室から郁代が出て行くのを見送ってから、将太は病院を出た。郁代にはその日の朝から、「お花、買っといてほしいな」と言われていた。「将太がくれたお花を見てたら、きっと手術も怖くないもん。耐えられるもん」

たかが数日の入院なのに、と将太は思ったが、顔には出さなかった。

さほど大きくはない病院だったので、院内に花屋は入っていなかった。病院から徒歩で五分ほどのところにある私鉄の駅には小規模のショッピングモールが併設されている。その一階奥に、全国どこでも見かける、ありふれたチェーン店の花屋があったのを思い出した。将太はまっすぐ駅に向かった。

病人のための花など改まって買ったことがないため、何を買えばいいのか、わからない。店内は空いていて、他に客はいなかった。将太は何やら書類のようなものを前に、ボールペンを走らせていた若い女の店員に、事情を話して選んでもらうことにした。

店員は「ご心配ですね」と言い、いかにも気の毒そうな顔をした。営業用のお愛想のようには見えなかった。

「たいした病気じゃないんで」と彼は言った。「手術も簡単だし、すぐに退院できるみたいだから」

「そうですか。それなら安心」と彼女はにっこり微笑んだ。とたんに顔まわりに華やぎが拡がった。

ショートカットにした栗色の髪の毛は、猫の毛のようにやわらかそうで、あちこちでくるくると小さなウェーブを作っている。その髪形が小作りの顔によく似合っていて、たいそう魅力的だった。

年齢はわからないが、たぶん自分よりも若いのだろう、と将太は想像した。二十二、三歳、といったところか。

特別に美人というわけではないが、終始、にこにこと笑顔を作っているせいもあってか、思わず引き寄せられる。声のトーンも高からず低からず。郁代のような、甘ったれたしゃべり方もしていないのに、優しさと愛くるしさが全身からあふれ、こちらを包みこんでくるかのようである。

「お見舞いのお花、となると、ええっと、どれがいいのかな」と彼女は思案するかのように、店内を見渡した。「ご入院されているのは、ご家族の方ですか？　それとも……」

「おふくろです」

即座にそう答えてから、一瞬、冷たいものが音もなく背中を流れていったような気がした。

他愛もない嘘だった。何の問題もない。だが、人生で最大の危機を回避してもらい、生活の面倒をみてもらっている郁代のことを蔭で「おふくろ」呼ばわりしている自分が、情けなかった。郁代にとって自分は、世界でただ一人の男。恋人。年若い夫なのだ。

「お母様なんですね」と彼女は目をぱちぱちと瞬《しばた》かせながら、復唱するように言った。「失礼ですけど、ご年齢は？」

「さあ。……六十くらいだったかな」

「わかりました。でしたら」と言いながら、彼女は鮮やかな赤や紫、白の花がひとまとめにして入れられているほうを指さした。「こちらのアネモネなんかいかがでしょう。昨日、入荷したばっかりなんです。これから冬ですけど、なんだか、ぱーっと春がきたみたいなお花ですよね。お色を一色でまとめてもいいですし、わざといろんな色を集めて束を作ってもいいですし。ちょっと作ってみましょうか」

「はあ」と彼はどぎまぎしながらうなずいた。

アネモネ、という花があることは知っていたが、実際に目にしたのは初めてだった。なにより、アネモネの花を容器から取り出し、簡単にまとめて、束にしてみせてくれようとしている彼女から目を離せなくなっていた。

うなじのあたりに、しっとりと濡れたように髪の毛がまとわりついている。動きは小リスさながらであり、くるくると機敏に動きまわる姿が愛らしくてたまらない。その華やいだ、若々しい、匂い立つような清潔な色香は、将太が初めて感じる種類のものであった。

やがて様々な色合いの花を手早く束にした彼女が、それを彼の前に掲げてみせた。「こんな感じになりますが、いかがでしょうか」

「あ、いいですね」

「きれいですよねえ。一色でまとめるよりも、このほうがずっときれいかもしれません。私がお母様の立場で、これを息子さんからプレゼントされたら、ものすごく感激しちゃうと思います」

「そうですか。じゃあ、それを」

「こんなにたくさん、ですか?」

「いや、花のことはよくわかんないので、適当に」

「わかりました。お母様の病室は個室ですか?」

「そんな金、ないですよ。相部屋です」

店員はまたにっこりした。「じゃあ、ちっちゃい、可愛らしい感じにしときますね。あんまり大きくすると、置く場所に困っちゃいますものね」

てきぱきと小さな花束を作り、フラワーベースはございますか、と問われて、「なんですか、それ」と将太が訊き返すと、彼女は目を細めて微笑みながら、「花瓶」と言った。「病室にもし、花瓶がないのであれば、ご用意しときましょうか」

花瓶など、適当に、病室にあるコップか何かを代用すればいいのではないか、と思った時、彼女がにこやかに「サービスしときますので」と言った。そして、店の奥から小さなガラス瓶を持ってくるなり、手早く布でそれを拭き、「売り物じゃないし、あんまりきれいじゃないですけど」と言いながら、将太を正面から見つめた。「これでよろしかったらお使いください」

「え？　これ？　もしかして、ただで？」

「はい、もちろんです」

人を吸い込んでしまうほどの、非の打ちどころのない笑顔を前に、将太は自分が馬鹿づらを見せたまま、彼女に恋をしたことを知った。

その日以来、彼は毎日、「おふくろの見舞い」と称して同じ花屋に行き、花を買った。彼女はいつも店にいて、「こんにちは」と言いながら笑顔で彼を迎えてくれた。

おふくろが毎日、新鮮な花を届けてほしいと言うもんで、と彼は大嘘をついた。「贅沢《ぜいたく》ですよね。でも、心配しないでください。前日の花は、もちろん捨てたりなんかしないで、ナースステーションに持ってってって、いろんなところに飾ってもらってますから」

「わあ、嬉しい」と彼女は言った。「お母様だけじゃなくて、病院のみなさんに私が選んだ花が喜ばれてるなんて、幸せです。毎日、張り切って、選ばせていただきますね」

名前を知りたかったのだが、聞けるわけもなかった。彼は勝手に「アネモネ」と名付けた。

アネモネ、と深夜、闇の中で呼びかけると、彼女があの、とっておきの笑顔を作って自分に微笑みかけてくれる気がした。郁代のいない部屋のベッドで、彼は何度もアネモネを想い描きながら自慰《じい》に耽《ふけ》った。

郁代は予定通り、五日後に退院したが、彼はその後も、「おふくろ」がまだ入院中であるかのように装って花屋に通い続けた。「アネモネ」が束ねてくれた花は持ち帰ることができないので、胸が張り裂ける想いはあったものの、そのつど、コンビニ前のゴミ箱に捨てた。

退院後、郁代は一日だけ自宅で静養して、翌日からすぐに仕事に出かけていった。さすがに疲れるのか、帰って来るとぐったりしていたが、昼間、彼が何をしていたか、どこに出かけたのか、執拗に訊かれなかったこと、そして、女装を強要されなかったことは幸いだった。

将太は連日連夜、アネモネと少しずつ親しくなっていくという、自分だけの恋の物語を紡《つむ》ぐことに没頭した。

二人だけで会い、食事を共にし、互いのことを話し、暗がりで抱きしめてキスをする。やがて、それ以上の関係を求めたくてうずうずしている彼を手招きするかのように、彼女のほうから、そっと彼に身を委《ゆだ》ねてくる。

彼女が一人で暮らしているアパートの部屋で、初めて肌を交わらせる時の想像は、毎回、彼を烈しく興奮させた。そんな興奮を抱いた日の晩は、いつになく自ら郁代を求め、郁代からさんざん喜ばれて、ひどくしらけた気分で射精を終えるのだった。

ソメイヨシノが満開になった日の晩、帰宅した郁代は、女の格好をせず、それどころかふてくされたようにビールのにおいをさせていた将太に、露骨にいやな顔をみせた。だが、それもほんの一瞬のことに過ぎなかった。責めたり、問い詰めたりしないのは、以前から変わらない郁代の流儀だった。あたかも何も気づかなかったかのようにふるまい、窓のカーテンを勢いよく開け放ち、郁代はあとで夜桜を見に行こう、と誘ってきたのである。

女の姿をしていなかった将太を責めるどころか、どこかしらうきうきしている様子がありありと窺《うかが》えた。もしや、と将太は案じた。郁代がそんな素振りをみせた日は、食後、閨をおかずに関係を求められることがわかっていた。

前年の十一月に受けた手術は腹腔鏡によるものだったので、傷も素早く癒えていた。褥《しとね》の中で、「ほら」と言い、郁代が将太の手をとって小さな痣《あざ》のようになった手術痕に触れさせる、という遊びは、郁代の好むものになった。そのたびに将太がこわごわ手術痕に触れるものだから、郁代は「あんたったら、ほんとの女の子みたい。こんなものも怖いのね」と言っては幸福そうに笑うのだった。

その日の夕食は、郁代の気分が急《せ》いていたのか、作るのに手間のいらないものになった。冷凍庫の中にあった冷凍食品のエビカツ、少し古くなったキャベツの千切り、もやしとサツマイモの味噌汁。将太は味噌汁の中に甘ったるいサツマイモが入っているのが嫌いで、勘弁してほしいと思っていたが、郁代はここのところ、好んで同じ味噌汁を作った。

夕食を終えると、郁代は待ちきれない様子で、いそいそと炬燵《こたつ》の上にピンク色のキルト製ポーチを載せた。背筋をぴんと伸ばし、将太を少し上目づかいに見つめて、羞《は》じらう小娘のようににっこりした。

目のふちが少し赤らんでいた。それは、自分がその晩の二人の営みを強く欲している、という、郁代からの合図だった。

将太を横に座らせ、ポーチの蓋《ふた》を開け、郁代はいかにも楽しげに中のものを取り出した。ポーチは以前、百円ショップで彼女が買ってきたものだった。口紅やアイライナーがあちこちに付着し、内側がひどく汚れていて、それを目にしたとたん、将太は苛々した。

「さ、始めましょ」と郁代が小学校の女教師のような口調で言った。水をふくんだような、異様に潤《うるお》いのあるしゃべり方。勤めから帰ってすぐにシャワーを浴びたので、化粧は落としていた。その肌はつややかで、とても五十を超えた女には見えなかったが、やはり「アネモネ」とは比べものにならない。

「アネモネ」の、化粧っ気のうすい、透明感のある顔を思い出した。若さなんか問題じゃない、ということを彼は知っていた。実際、男と女が深くかかわるためには、若さなど何の関係もなかった。恋愛感情もなくたってかまわない。

ただ、欲望を抱くことができるかどうかが問題なのだ。それはとても重要なことなのに、おれは郁代に初めから欲望など、抱いていなかったのだ……。

「今日はどうしようかなぁ。将太ったらさ、今日は女の子になってくれてなかったから、お仕置きしなくっちゃ。いつもよりももっと、すっごくきれいな女の子にしちゃうよ。いい？」

「でもさ、さっき、夜桜見物に行くって言ってたよね」

「うん、言ったよ」

「だったら、こんなことしなくたって……」

「そのまんまでいいじゃない」

「どういう意味？」

「だからぁ、あとでね、缶ビール持ってね、あたしたち女の子同士で公園に行くの。お花見に」

「……何言ってんだよ」

「だって、あんた、これから女の子になるんじゃないの。あたしが女の子にしてあげるんだから。でね、女の子になったあんたとあたしが……」

「あのさ」

「何？」

「……いい加減にしてくんないかな！」

自分でも驚くほど、怒気をふくんだ言い方になっていた。郁代は一瞬にして表情を強張らせた。くちびるがかすかに震え出すのが見えた。強い怯《おび》えが郁代を包んでいた。

「将太ったら。いったいどうしたの」

「別に」

「やだ。すごく怖い。何か怒ってるの？」

「そうじゃないよ」

「もしかして、あんた、女の子になるのがいやになったの？」

「そういうことじゃない」

「じゃあ、何?」

「いや、その……悪かったよ。ただちょっと……」

「ちょっと?」

「あのさ、女の格好をして公園なんかに行くのはさ、勘弁してほしいんだよ。冗談じゃないんだよ」

「え? いやなの? あんた、そんなにこれがいやだったの?」

「化粧して外に行ったことなんか、一度もなかった」

「そうだけど。でも、夜なら暗いじゃないの。誰にもよく見えないじゃないの」

「暗さの問題なんかじゃないんだよ!」

郁代は虚を衝《つ》かれたように少し沈黙したが、やがて取《と》り繕《つくろ》ったかのように大きく息を吸うと、わざとらしく明るい表情を作った。「いやなのに、無理強《じ》いしちゃいけないね。わかった。公園には行かない。その代わり、ここでね。ね? いいよね?」

将太が黙っていると、郁代は顔色を窺う素振りで彼をちらちら見ていたが、やがて、何事もなかったかのように「何色のアイシャドウがいいかな」と言った。「ねえ、見て。このパレット、アイシャドウの色、こんなにたくさん種類があるのよ。なんかさ、小学校の時に使ったクレヨンみたいよね。懐かしい。桜を見に行かない代わりに、将太のアイシャドウは桜色にしようね。桜色、桜色……あ、あった。これがいいかな」

将太は黙っていた。怒りとも絶望ともつかないものが、腹の底からうねるように突き上げてくるのがわかった。

このくそ女、と思った。くそだ、くそだ、おまえはくそだ！　何が桜色、だ！　何が女の子同士、だ！

今にも全身がわなわなと震え出すのではないか、と思われるほどの烈しい怒りが、彼を襲った。だが、彼は懸命にこらえた。こらえねばならない、と思った。

郁代は気づいたのか気づかなかったのか、彼のそうした変化を無視した。平然と、ふだん通り落ち着いた物腰で、さも楽しそうに化粧道具を選び、てきぱきと彼の顔にファンデーションを塗りたくった。

顔をすべっていく郁代の指先は生温かく湿っていた。ほうらね、と郁代は囁《ささや》くように言った。「こうやって、きれいにして。ああ、あんたはほんとにきれい。可愛い。はい、ちょっと目を閉じて。おめめを桜色にしますよぉ。あ、動かないで。じっとしてて」

まぶたが震えるのがわかった。指先も肩も腰も、怒りと苛立ちで硬直していた。強く握りしめていた両手の拳が、まるで、痙攣《けいれん》を起こしているかのように左右前後に細かく動いた。

「やぁだ、将太ったら。いったい全体、どうしちゃったのよ。ほら、おめめ、開けちゃだめでちゅよ。アイシャドウが、塗れなくなっちゃいまちゅよ」

彼女の発した、人を小馬鹿にするような幼児ことばが引き金になった。将太は腹の底から吠えるような低い声を発しながら、炬燵の上にあった化粧道具一式を片手で払いのけた。パレットが、チークブラシが、乳液の入った小瓶が、ちまちまとしたわけのわからない、安っぽい道具が、あたりいちめんに散乱した。

郁代は、横座りになったまま、全身を硬直させ、怪物でも見るような目で彼を凝視していた。半開きになった口の奥に覗く歯が、カスタネットさながらに鳴り出した。

「いい加減にしろ、って言ってんだよ！」

「でも、だって、でも……」

「うるせえ！　黙ってろ！」

「……だって、だって、あたし……あんたに女の子になってもらわないと、なんにもでき……」

「なんにも、って何だよ」

自分でもぞっとするほど低い、冷淡な声が郁代の荒い呼吸に重なるのを感じた。

郁代は全身の動きを止めた。それ以上、何も言うな、と将太は思った。何か言ったら、ただじゃおかない。

「なんにも、よ」と郁代はやおら、道端の雨に濡れた捨て犬のような目で彼を見ながら、かちかちと歯を鳴らしつつ、それでも精一杯の虚勢を張ろうとした。「あんたと仲良くすることとか、それにそれに……あんたに……抱いてもらうこととか……ね？　将太。教えたじゃないの。あたし、あんたに女の子になってもらわなきゃ、だめなんだ、って。一緒に暮らせないし、セックスしても、何も感じないんだ、って。あたし、他になんにも望んだりしなかったよね。あたしの前で女の子になってさえくれれば、あとは好きにしていい、って、あたし、言ったよね。あんたったら、そんな簡単なことを……」

「簡単？」将太は一歩前に進み出た。「これが簡単？　え？　そう言うのか？」

「あんた、あたしのためなら、なんでもやる、って言ったじゃないの。嘘だったの？　あんたを助けたのはあたしなのよ。わ、わ、忘れないで、ほ、ほ、ほしいわよ。あ、あ、あたしが黙っててやらなかったら、あんたなんか、あの時……」

マグナム弾を撃ちこまれた時のような衝撃が、将太の中に走った。頭の中が空白になった。彼はすさまじい勢いで郁代に飛びついていった。郁代の黒い眼球が、恐怖のせいで瞬時にして凍りついたのがわかった。

気がつくと将太は郁代の首をわしづかみにしていた。その白い柔らかな喉に両手の親指をあてがった。そして、憎しみの塊《かたまり》を押しつぶそうとでもするかのように全体重をかけ、頭部全体をぐいぐいと床に押しつけた……。


ぴくりとも動かなくなった郁代が、舌をだらりと垂らし、目を半開きにしたまま床に転がっているのを、しばらくの間、将太は呆然《ぼうぜん》と見下ろしていた。

顔が見えてしまうのが恐ろしかったので、咄嗟《とっさ》に目についた台拭きを拡げてかぶせた。首の後ろで束ねていた郁代の髪の毛が乱れ、床に大きく拡がっていた。炬燵からこぼれたお茶が、ぽとぽと滴《しずく》をたらし、炬燵布団を濡らしていた。

郁代の声がしなくなった室内は怖いほど静まり返っていた。耳をすませてみたが、玄関の外廊下に人の気配はなかった。児童公園に夜桜見物に来ているであろう人々の賑《にぎ》わいも、何も伝わってこなかった。

ひどく喉が渇いていた。這《は》うようにしてキッチンに行き、冷蔵庫のドアの把手《とって》にしがみついた。だが、ドアを開け放ってからも、中のものは目に入ってこなかった。朽《く》ちかけている樹にできた、昏《くら》く冷たい空洞を眺めてでもいるかのようだった。

何も手にしないままドアを閉じ、流しの前に立った。コップに水道水を注ぎ、たて続けに二杯飲んだ。あまり急いで飲んだせいか、あるいは、興奮と緊張と恐怖の極みにあったせいか、突然胃がひっくり返るような感覚に襲われた。彼は流しに前かがみになりながら、烈しく嘔吐《おうと》した。戻したのは大半が水だったが、中には、今しがた食べたものの残滓《ざんし》も含まれていた。彼は水道の蛇口をひねり、それらをすべて排水口に流した。

ぶら下がっていた黄色い花模様の布巾で口もとを拭《ぬぐ》い、目尻に浮いた涙や額の汗を拭った。彼は長い間、流しに両手をついたまま、乱れた呼吸の中でじっとしていた。

振り返れば、そこに転がっている郁代の遺体が目に飛びこんでくる。振り返るのが怖かった。荒々しい自分の呼吸の音だけが、小うるさく耳についた。

うるせえんだよ、と彼は心の中で吐き捨てた。危ないところを助けてもらったのは事実だよ。ありがたいし、感謝もしてるよ。あの時、助けてもらえなかったら、おれは犯罪者になってたよ。だから、精一杯、感謝の気持ちをもって尽くしてきたよ。喜んでもらうために努力もしたよ。言われた通り、メイクもしたし、かつらもかぶったし、ブラジャーの中にストッキングの詰め物をして、胸を揺すってみせたりもしたよ。でも、もう、限界なんだよ。こんなこと、続けられるわけないだろう。わかんなかったのかよ。おれは殺すつもりなんて、全然、なかったんだよ……。

勤めていた老人介護施設で、将太は入居者の老婦人から金をくすねたことがあった。ほんの出来心だった。緊急に金が必要になったからであり、後で耳をそろえて返しておくつもりだった。

将太の両親は彼が小学校五年の時に離婚している。母親は様々な仕事につきながら、彼を高校から専門学校にまで進学させてくれた。どんなに貧しくても息子に甘い、優しい母親だった。自分を犠牲にしてでも息子のために、といった古風な性格の持ち主だったが、彼が福祉関係の専門学校を卒業したとたん、ほっとしたのか、ホストクラブ通いを楽しむようになった。

上背のあるグラマラスな身体つきをしているのに、それにそぐわぬ童顔が、見ようによっては中年女の色香を感じさせるところもあった。話題は豊富ではなかったが、聞き上手で明るく、優しくて、ホストたちにも人気があった。

夜な夜な通いつめているうちに、特別な関係になった息子ほどの年齢の男と食事に行ったり、高級ホテルに泊まったり、ゴルフにつきあったりするようになった。いつのまにか勤めていた保険代理店も辞めてしまった。

そんな中、或る雨の日の晩、母親は気に入りのホストと飲みに行った渋谷の裏通りのスナックの階段から足を踏み外し、転落。右大腿部を複雑骨折する重傷を負った。

手術を受け、治療費がかさんだ。思いのほか、入院日数も長引いた。もしかすると払えなくなるかもしれない、と母親から泣きつかれた時、将太は是も非もなく、なんとかしてやろうと覚悟を決めた。

どれほどぐだらない情況で怪我を負ったのだとしても、母親は母親だった。なんとしてでも工《く》面《めん》してやりたかった。

仕事を辞めてしまった母の蓄えなど、とうに底をつきかけていることはわかっていた。かといって、介護施設での彼の給料は少なく、まして蓄えなどゼロに等しかった。

定期的に請求される入院費、治療費が、いよいよ支払えなくなった、と言ってきた母親からの電話を受けた翌日、将太は施設で担当していた春川《はるかわ》という名の老婦人が、一泊二日で、娘一家と共に伊豆の温泉に出かけたのをいいことに、春川の部屋の簞笥《たんす》から現金をくすねた。

春川が、部屋にある簞笥の上から二番目の抽斗《ひきだし》の奥に、孫が作ったという折り紙の兜《かぶと》の間にはさみ、一万円札を数枚、隠し持っていたことはずいぶん前から気づいていた。

多額の現金や宝石は盗難のおそれがあるため、施設内の部屋に置いてはいけない、という規程があったものの、守られていたためしはない。何かあった時のために、と数万円の現金や小銭はもちろん、ダイヤやパールの指輪、ネックレスを平気で簞笥の中の、下着と下着の合間に隠している入居者も少なくなかった。

どんなにうまく隠しても、洗い上がった洗濯物を運び入れた時、簞笥を開けて収納するのは職員だし、勝手に開けたところで誰にも咎められない。春川に限らず、入居者のほとんどは、程度の差こそあれ、認知症を患《わずら》っていたので、部屋でたまたま目にしたものをくすねたとしても、うまくやれば、気づかれない可能性も高かった。まして、あとでそっと返しておけば、何の問題にもならないはずであった。

それなのに、将太が緑色の折り紙で作られた兜の中から、そこに隠してあった八万円の現金をくすね取り、支払いが滞《とどこお》っていた母親の治療費、入院費を全額、入金してやった翌日、温泉旅行から帰ったばかりの春川が騒ぎだした。

箪笥の抽斗に入れておいた現金がなくなっている、というので、まずは当時、施設でケアマネージャーを務めていた郁代が部屋に出向いた。事情を聞き、春川をなだめているうちに、別の女性職員も部屋に駆けつけてきた。

その一部始終をそばで見ながら、将太は生きた心地がしなかった。給料日には、全額、耳をそろえて返すつもりだった。ふだんは認知症の影響なのか、はたまた、そのような性格なのか、春川という老婦人はどこに何を置いたか、すべてきれいに忘れてしまうような人間だったのに、なぜ、今、こんな時になって、はっきりと記憶が甦ったのか、わからなかった。

「ホーム長に相談しましょうか」と若い女性職員が郁代に囁くと、郁代は「もう少し待って」と言った。

郁代の目が、後ろに立っていた将太に注がれた。「金子さん、何か気づいたことあります?」

「いえ、別に」

「この箪笥の二番目の抽斗の奥に、お金を入れておいた、って、春川さんがおっしゃってるんだけど」

「はあ」

「お洗濯ものなんかをしまう時、見かけたりしなかった?」

将太は即座に首を横に振った。「いえ、ありません」

「お金はね、お孫さんが折った折り紙の兜の間に入れてた、っていうお話なのよ。兜はここにちゃんとあるんだけど。中身がからっぽなの」

「いや……僕はほんとに何も」

郁代はうなずき、将太から視線をはずし、春川に向かって微笑みかけた。「探してみますので、今はひとまず、お茶を召し上がりませんか。お帰りになったばかりでお疲れでしょう。ラウンジにお茶とお菓子のご用意、できてますからね。今日のお菓子は、何でしたっけ。そうそう、栗羊《くりよう》羹《かん》です。栗羊羹、お好きでしたよね?」

栗羊羹、と聞いて、春川は今しがたの騒ぎを忘れたかのように、にっこりした。郁代に促されて若い女性職員が、春川の腕をとった。足が少し不自由な春川は、杖を片手に、職員に連れられて部屋から出て行った。

引き戸が静かに閉められると、狭い室内には郁代と将太だけが残された。

郁代は将太に向かって微笑みかけた。頬が少し上気していた。「八万円ですって」

「は?」

「だから、この二番目の抽斗の奥に入れてたお金が」

「みたいですね」

「私ね、たまたまなんだけど、今日、お金を銀行でおろしたばっかりなの。生活費にするのに。

八万円にはちょっと足りないけど、手持ちのお金を足して、立て替えとく」

将太はまじまじと郁代を見た。何を言ってるんです、と言おうとして、言葉が出てこなかった。

郁代は将太をなだめるように目を細めた。「大丈夫よ。いろいろ事情、あったんでしょ。ね?」

「あ、あ、でも……」

「どうしてわかったのか、知りたい?」郁代は面白そうに言って、ベッドの上に放り出されていた毛糸のカーディガンをゆっくりと畳み直した。「この施設、どこにでも防犯カメラがついてるじゃない。この部屋にも。あ、動かないで。そのままでいて。今も映ってるんだからね、あたしたち」

将太はわけがわからなくなって凍りついた。

「金子くん、運がいいわ。あなたがお金に手を出した時、その瞬間をたまたまあたし、管理室で目撃しちゃったの。偶然よ。ほんとの偶然。それにね、その時、たまたま管理室にはあたしの他に誰もいなかったの」

将太は黙っていた。声が出てこなかった。

居室のすべてに防犯カメラが備えてあることは、言うまでもなく知っていた。入居者の突然の体調不良や転倒などに対応するためのものだが、管理室で必ずしも誰かが終日、チェックしている、というわけではなかった。主にチェックされるのは夜間だけで、昼間の時間帯は、見ている者などいたためしがない。

それでも一応、行為におよぶ際、将太はカメラの死角になるよう背中を向けた。万一、映像がチェックされたら、洗い上げた洗濯物を箪笥の抽斗に入れているだけ、と言えるよう、堂々と動いた。くすねた現金は即座に丸めて掌の中に握りしめた。

「ほんと、たまたまだったの」と郁代は繰り返した。「何かに呼ばれたみたいに、モニターに目を移したのよね。ふだん、そんなこと、したことないのに、ふしぎね。そしたら、春川さんの部屋に人影が映ってて、あら、と思ってよく見たら、金子くんだったの。背中向けて、ごそごそやってて。やってることが、はっきり見えちゃったってわけ」

「どうして……」と将太は言った。口の中が乾いていた。「知ってるのにどうして……」

「どうして、かばったりするのか、って？」郁代はそう言って、おっとりと微笑した。「どうしてかな。自分でもよくわかんない。何か困ってること、あるみたいね。困ってる時はお互いさまよ。気にしないで。あ、でも、ちゃんと返してね。それだけは約束よ」

「は、はい」と将太はうなずいた。「僕、返すつもりでいたんです。ほんとです。おふくろが階段から落っこちて大怪我して入院して、その治療費が足りなくなってるんです。今度の給料日に、全部返すつもりで……」

いかにも作り話のように聞こえそうだ、と思うと、かっと全身が火照《ほて》った。だが、郁代は子守歌でも歌うように、「いいの、いいの」と言って遮《さえぎ》った。「よかったね、見たのがあたしで。他の人だったら、どうなってたかわかんないわよ。……なぁんてね。脅かすわけじゃないけど、こういうことって、けっこう、大騒ぎになるのよ。家族に知れたら警察沙汰《ざた》になることだって少なくないし、そうなったら、あたしなんかの一存じゃ、どうにもできなくなるんだから」

将太は腰をふたつに折って、深々と礼をしようとした。それを慌てたように遮ったのが、郁代だった。

「ほらほら、そんなことしてると、またカメラに映って、変に思われるから。ふつうにしてて」

それから小一時間後、緑色の折り紙の兜の中には現金八万円が戻された。郁代は春川に「ありましたよ、春川さん。ようく調べてみたんです。そしたら、お金だけが簞笥の奥のほうに引っかかってました」と説明した。「何かのはずみで、折り紙の兜から外れて、抽斗の向こう側に落っこっちゃったみたいですね。よかったですねえ。ちゃんとあって」

出入りの業者か、さもなかったら、内部の犯行に違いないなど、職員の間でも噂が飛び交い始めた矢先だったが、郁代のひと言で、何もかもが一件落着になった。

将太は次の給料日に、郁代に金を返済するかたわら、一緒に食事をしませんか、と誘った。郁代はいそいそと応じ、二人は肩を並べて居酒屋を三軒、はしごした。

その際の会計はすべて郁代がもった。児童公園の前にある安マンションまで送って行くと、「ね、ちょっと上がってかない?」と誘われた。

コーヒーをごちそうになり、様々な意味の礼と感謝のつもりで帰りがけ、郁代を玄関先で軽く抱き寄せた。思いがけず、豊満な身体つきをしているのに驚き、酔っていたせいもあって、初めて郁代に女を感じた。

郁代は彼の胸に顔をうずめたまま、舌ったらずな口調で、「いい気持ち」と言った。「ね、金子くん。また来てね」

数日後、将太は仕事を終えてから、郁代と児童公園の中のベンチで落ち合い、郁代の部屋に上がりこんだ。郁代が手早く作ってくれた肉じゃがを肴《さかな》に、二人で焼酎のソーダ割を飲んだ。そして、その翌々日の晩にはもう、郁代のマンションで、郁代と枕を並べて眠りについていたのである。

一睡もしないまま、夜明けを迎えた。カーテンの隙間から外を覗くと、絢爛《けんらん》と咲き誇った児童公園の満開の桜が、そよとも動かないまま、どんよりと曇った空の下に拡がっているのが見えた。自首する前に、「アネモネ」に会いたかった。会ってどうする、というのでもなかった。ただ、会いたいのだった。

もっと早く、そうしていればよかった、と思った。花屋に行かなくなって、数ヵ月たっている。なんでもいいから理由を作って立ち寄り、「アネモネ」を誘い出せばよかった。そうすれば、郁代を殺さずにすんだ。人生を恙《つつが》なく続けていくことができた。

バスルームで歯を磨き、顔を洗った。クリーム色のタオルには、郁代によって塗りたくられたファンデーションやアイシャドウが付着した。化粧を施された顔のまま、郁代を絞め殺したのだと思うと、胸が悪くなった。彼はごしごしと顔を拭き、それでも足りずにもう一度、石鹼を使って洗顔し直した。

下着を替え、清潔な靴下をはいた。薄茶色のチノパンをはき、クリーニングから戻ってきたばかりの縞《しま》模様のシャツを着た。郁代がふだん使いしているトートバッグの中から財布を取り出し、一万円札を二枚と小銭を数枚、パンツのポケットに押し込んだ。

エアコンが消えていることを確認し、何年も前から着ている薄手の茶色のブルゾンを手に、玄関を出た。空が曇っているせいか、外の空気はひんやりしていた。

児童公園の満開の桜を見上げた。桜を愛《め》でる趣味など、自分には本来、かけらもなかったことに彼は気づいた。

花屋が店を開けるのは、ショッピングモールが開くのと同時刻であることは知っていた。となれば、十時まで、どこかで時間をつぶす必要があった。

彼はゆっくり歩いて最寄りの駅まで行き、下りの私鉄に乗って、目指す五つ先の駅で降りた。車内には数人の客がいたが、誰も彼のことなど、見ていなかった。

電車を降りてから、駅構内にあるコーヒー店に入った。ガラス越しに外の通路が見える席に座り、コーヒーを飲みながら、やることもないのでスマートフォンを眺めた。

ニュースの数々にざっと目を通し、明日はここに、自分のしでかした事件が流されるのか、と思った。大怪我の後、定職につこうともせず、友人が経営しているカラオケスナックの手伝いをしながら、飽きもせずに若いホストに色目を使っている母親が、何を思うか、とちらと想像してみた。何も思い浮かばなかった。

スマートフォンの中には、郁代とやりとりしたＬＩＮＥの数々、郁代と撮った画像が山のように収まっていた。中には、女装した彼の肩を抱き寄せ、恍惚《こうこつ》とした表情を浮かべている郁代の顔もあった。

彼はそれらの画像をすべて消去した。

九時半過ぎまでコーヒー店でねばり、トイレを使い、青ざめた自分の顔に、アネモネを怖がらせるような表情が浮いていないかどうか何度も確認してから、店を出た。

開いたばかりのショッピングモールは、まだ閑散としていた。何の曲かはわからないが、BGMだけがわざとらしく大きく響きわたり、合間に、甲高い女の声でスプリングセールの案内が繰り返し、流された。

震えそうになる足をだましだまし前に進ませて、彼は一階の奥に向かった。花屋はすでに開いていて、思っていた通り、アネモネの姿があった。

柱の蔭に隠れ、しばし、その姿を眺めた。おれはいったい、何をしているんだろう、と思った。思うそばから、すべてのことがわからなくなった。

将太の姿をみとめるなり、アネモネは「あら！」と言った。誰なのか、すぐにわかってくれた、と思うと嬉しかった。彼は不器用に微笑み返した。

「お久しぶりです」そう言って、アネモネがにっこりした。「お元気でしたか」

「まあ、なんとか」

「ほんとにしばらくぶりですね。今日はこちらに御用でも？」

「いや、そういうわけじゃ……」

アネモネは何かを感じとったらしく、ふいに顔を曇らせた。「え？　やだ。まさか、また、お母様が入院とか……」

「おふくろ……」と彼は言い淀《よど》み、ひと息に言い放った。「死にました」

アネモネは、はっ、と息をのみ、白い両手を口にあてがった。笑顔が消えてしまったことを彼はひどく残念に思った。

「いや、その……」と彼は続けた。「ゆうべ、突然……」

「ゆうべ！」アネモネが繰り返した。「病院で、ですか」

「いえ、別の場所で」

「でも、でも、だったら、今は大変な時で……」

胸が苦しくなった。将太はうなずいた。「実はそのこと、知らせたくて。ちょっと寄りました。おふくろ、ここで買った花、すごく好きだったんで」

多くを聞こうとはせず、アネモネはうつむき、うなずき、顔をあげた。その目に光るものがあったので、将太は驚いた。

ちょっとお待ちください、と小声で言うなり、彼女はいったん、彼に背を向けた。表情を押し殺したまま、アネモネはしばらくの間、もくもくと動きまわっていたが、やがて向き直ると「これ」と言った。「お代はいただきません。私からお母様に」

大急ぎで束ねた、色とりどりのアネモネの花束が手渡された。

「心からご冥福《めいふく》を……」

レジの奥にある電話が鳴り出した。アネモネが電話機のほうをちらと見たので、それを機に将太は花束を受け取った。すみません、ありがとう、と言ったが、「ごめんなさい」と言いながら電話の応対を始めたアネモネに、届いた様子はなかった。

外に出ると、空には光が戻っていた。春の白い陽差しが一斉に彼を包んだ。そこから百メートルほど、駅の方角に戻ったところに、小さな交番があった。彼は交番に向かってのろのろと歩きだした。

その時、彼の頭を真に悩ませていたのは、アネモネから手渡された花をどうすべきか、ということだけだった。

捨てることはできそうになかった。いったん安マンションにもどり、郁代にこの花を手向けてからにしようか、と思った。

だが、そんなことをしているうちに、逃げたくなってくるかもしれなかった。どこへ？　逃げるあてなど、なかった。行ける場所があるのだとしたら、郁代が紫色になった舌を出したまま横たわっている、児童公園前の安マンションだけだった。

彼はまっすぐに、怒ったような足どりで交番に向かった。花束を握りしめる手には、脂のような汗が浮いていた。

電話中だった交番の若い巡査が、受話器を置くなり彼に視線を向けた。もしかしたら、自分と似たような年齢かもしれない、と将太は思った。長身で胸板の厚い、なかなかの男前だった。アネモネはこいつとおれを並べたら、どちらを選ぶだろうか。

近くの高架を快速電車が通過し始めた。あたり一帯に轟音《ごうおん》が響いた。

男前の巡査は、将太に向かって一歩前に踏み出した。彼が巡査に向かって言ったことばは、たちまち、その喧騒の中に吸いこまれていった。

巡査がさも親切そうに、耳に手をあてがい、「え?」と訊き直そうとする仕草をしたので、将太は手にしていたアネモネの花束を巡査に向かって乱暴に突き出した。

思わず涙があふれた。

夜の庭

今から二十五年前の九月初旬。東京郊外、K町にある旧い住宅の一室で、男が急死した。月の光があたりを青白く染め、庭の叢《くさむら》ですだく虫の音が騒々しい晩だった。

男の名を村井《むらい》達夫《たつお》という。当時、五十八歳。彼の父親は目利きの骨董商だった。

若いころ、村井は父親とそりが合わず、高校を中退して家出。地方都市の酒場や遊興場を転々としながら生計をたてていた。だが、父親が重い病を得たと知ってからは憑《つ》き物が落ちたようになり、家業を継ぐべく生家に戻った。

父親の死後は隣町にあった店舗を処分。自宅をそのまま利用しながら商売を始めた。

父の代からの資産家の顧客が数名、熱心に応援してくれて、まもなく仕事は軌道に乗った。そのうち、アシスタントとして仕事の手伝いに来てもらっていた一つ年上の女と男女の仲になり、結婚。息子を一人もうけた。

仕事場でもあった自宅で、世間並みの家庭生活を送るはずだったのが、妻は姑《しゅうとめ》にあたる彼の母親と犬猿の仲になり、それが原因で離婚。息子は妻が引き取った。母親はその後、脳出血で倒れ、ほどなく他界した。

高校もまともに出ていなかったが、村井は生来、頭の回転がよかった。知識も豊富で、父親に似た風貌《ふうぼう》にも教養の深さを窺《うかが》わせる落ち着きがあった。

周囲からは「相当の学がある」と思われており、そのように褒められるたびに真顔で否定していたが、やがて「落水《らくすい》」という雅号《がごう》を使いながら、勧められるまま、ぽつぽつと古美術関係の雑誌や専門誌に随筆を書き始めた。

もともと文章の才能も豊かで、いつしか随筆は静かな評判を呼んだ。これまで書いたものを集めて一冊の本にまとめませんか、と言い出す編集者も現れた。

小さな出版社から『落水の徒然草《つれづれぐさ》』と題する、装幀の美しい随筆集が刊行されたのは、彼が五十三歳の時。一度だけだが、地方紙の書評欄で取り上げられた。村井の仕事場には、その切り抜きを拡大コピーし、額装したものが恭《うやうや》しく掛けられてあった。

遺体発見者は、通いの家政婦だった狭山《さやま》美津子《みつこ》、当時二十八歳。村井が死亡した翌朝、美津子はいつものように、九時半少し前に裏口の鍵を開けて中に入った。

洗面をしたあとがなく、寝室のベッドも使った形跡が見られなかった。家中が静まり返っていた。

不審に思った美津子が、村井の仕事場である座敷の引き戸を開けた瞬間、一枚板で作られた大きな机に向かって、座椅子に両足を投げ出したまま座り、俯《うつむ》いている村井を発見した。119番通報をしたが、通報後すぐに、明らかに息がないことが確認できたので、併《あわ》せて110番にも連絡した。

遺体には手淫《しゅいん》をした形跡が見られた。夜になって自瀆《じとく》を始めた村井が、性的に興奮し過ぎたあまり、脳血管を詰まらせたか、あるいは心臓の発作を起こしたものと推察された。家の窓や出入り口はすべて施錠されており、侵入者があった形跡やものが盗まれた様子もなかった。事件性は希薄だった。遺体は行政解剖に処された。

結果、死因は急性心不全であることが判明。手淫が引き金になったであろうことは、右利きの彼の右手が性器付近にあてがわれていたことや、あたりに体液が残っていたことで推察できたが、その件は一切、発表されず、闇に葬られた。

私鉄の最寄り駅の近くにあった葬祭場で、慌ただしく葬儀が執り行なわれた。通夜には美津子も列席した。喪主を務めたのは、北海道の小さな町から駆けつけた、村井の一人息子だった。

通夜のあと、通夜振舞いの部屋を横目で見ながら会場を出ようとした時、息子が美津子を追ってきて呼び止めた。「狭山さんですよね？」

美津子がうなずくと、息子は「初めまして。村井達夫の長男です」と早口に言った。「このたびはいろいろと、どうもお世話になりました」

村井によく似た、目の大きい、がっしりとした体格をしている男だった。彼は一歩、美津子に近づき、「ご理解していただけると思いますけど」と耳打ちした。厳かな口調だった。「ご覧になったことは、どうかくれぐれも内密に願います」

美津子は半ば凍りついたようになったが、かろうじて取り繕い、「は？」と聞き返した。

「……発見した時、父がどうだったか、ということですよ」

「どう、って……」

「何が原因で息が止まったのか、狭山さんはご存知のはずなので」

あまりに近い距離でそう囁《ささや》かれたせいか、息子の口からは長ねぎと蕎麦つゆのにおいが嗅ぎとれた。

どう応えればいいのか、わからなかった。美津子が黙ったまま、おずおずと相手を見上げると、息子は慌てたように身を離した。その少し後ろのほうで、妻とおぼしき、赤茶けた長い髪をシニヨンに結った若い女が、二歳くらいの女の子と手をつなぎ、無表情な目で美津子を見ていた。

息子は、「ではそういうことで」とだけ、わざとらしく大声で言うと、踵《きびす》を返した。幼い女の子が、美津子を指さして「誰？」と問いかける声が聞こえた。

「誰でもないよ」と息子は言い、子どもの背中を押すようにして足早に去って行った。

誰でもない、という物言いが、美津子の胸に深く突き刺さった。


狭山美津子が村井達夫と出会ったのは、その年の春。K町のはずれにある、古い総合病院の正面玄関付近だった。

杖をつきながら美津子の目の前を歩いていた男が、病院の前庭に咲く、見事な枝振りのソメイヨシノを見上げた瞬間、杖の先をコンクリート敷きの細い溝にひっかけた。そのまま前に進もうとして大きくバランスをくずし、危うく転倒しそうになったところを、たまたま真後ろにいた美津子が、咄嗟《とっさ》に支えてやったのだった。

男は骨太で体格がよかった。女の力では支えきれなかったはずだが、美津子はかろうじて両足を踏ん張って耐えた。

その界隈では評判のいい病院だった。美津子は一階にある売店で働いていた。その日は早番だったため、きっかり午後三時に遅番のスタッフと交代し、帰途につこうとしているところだった。

「大丈夫でしたか」と美津子が訊《たず》ねると、男は顔を歪《ゆが》めて苦笑しながら礼を言った。

「いやいや、まったく、危ないところでした。おかげさまで助かりました」

杖をついてはいるが、さほどの年寄りには見えなかった。それどころかよく見れば肌はまだ若々しくもあったが、男が何かの病気もちであることは一目瞭然だった。手にした杖を両手で持って身体を支えると、彼はふぅ、と苦しげにため息をついた。

着ている海老茶色のジャケット、青いストライプシャツ、襟元《えりもと》に覗《のぞ》かせているうすいピンク色のシルクタイ、そのどれもがいかにも上質で、金持ちの派手な身なりの紳士、といった風貌だった。頭にはジャケットと同系色の帽子もかぶっていた。

運転手つきの車か何かを待たせているのだろう、と美津子は想像した。テレビ局か映画会社に勤めている、お偉方なのかもしれない。さもなかったら、顔を知らないだけで、案外有名な役者なのかも、などと想像した。

「いったん、お座りになりませんか」

美津子がそう提案すると、男は「そうですな、そうしますか」と応じた。

急ぐ用事もなく、急いで帰る必要もなかった。狭いアパートの、日当たりの悪い殺風景な部屋で、美津子を待っている者はいなかった。

病院の売店で働いていると、日頃、いろいろな病人と接する。気の毒な状態の患者も数多く見てきているので、弱っている者に手を差しのべることには慣れていた。

美津子は男の腕を支えてやりながら、ゆっくり歩き、正面玄関脇に並べられている色あせたベンチまで連れて行った。男の身体は鈍重な牛のように重たく感じられた。足腰が相当衰えているのか、杖はものの役にたっていない様子だった。

春の夕暮れが近づいていた。少し風が冷たかった。あたりに人影はまばらだった。

男はベンチに腰をおろし、深いため息をつくと、美津子に向かって「ありがとう、ありがとう」と目をふせながら繰り返した。「ご親切にどうも。もう、ここで結構ですので」

「どこか痛めませんでしたか?」

「いや、大丈夫です」

そう言ってから男は、入院中の知人を見舞いに来た帰りであること、患者はどう見ても自分より元気そうだったことなどをあまり可笑《おか》しくなさそうに語った。転倒しそうになった時、身体のどこかをひねったか何かして、明らかに痛みが出ている様子だったが、彼はそのことを口にしなかった。

「お迎えの車はどちらですか。よかったら、私、呼んできますけど」

男は首を横に振り、微笑した。「迎え、だなんて、とんでもない。バスで来て、バスで帰るところでしたから」

「それじゃ、ひと休みしたら、停留所までご一緒しましょう」

病院前の停留所は、病院の敷地を出てすぐの舗道沿いにあったが、そこまでは少し歩く必要があった。

男は射してくる西日の中で目を細め、美津子を見ると「今日はタクシーを呼んで帰ることにしますよ」と言った。「……なんだかね、調子がよくないし、歩くのが億劫《おっくう》になった」

美津子が眉をひそめながらうなずくと、男は「世話になりついでに」と言い、ズボンのポケットをまさぐって百円硬貨を一枚取り出した。「図々しい頼みを一つ、聞いていただけますかな。病院のロビーの公衆電話のところに、タクシー会社の電話番号が貼ってあります。電話して、病院前に一台、と言っていただけたら。あいにく十円玉、切らしてるんで、これを両替して……」

「いいんです。十円玉なら私、持ってます」と美津子は朗らかに言い、「お名前は」と訊ねた。

「村井といいます」と男は答え、ぱちぱちと大きな目を瞬かせた。一瞬、男の顔が美津子の目に、無垢《むく》な少年のそれのように映った。

呼んだタクシーが病院前に到着するのに、七、八分ほどの時間を要した。車が来るまで村井に付き添うつもりで、美津子もベンチに腰をおろした。

病院の売店で働いていることを教えると、村井は、ほう、そうでしたか、と言った。「さっき、見舞いに来た時、飲み物を買うのに立ち寄ったんですがね。お見かけしなかったような」

「届いた商品の梱包《こんぽう》をとくのに、裏の方に行ってたのかもしれません」

村井は、こほ、とひとつ、湿った咳をした。寒くないですか、と美津子が問うと、彼は首を横に振り、「今年も桜が見られましたよ。儲けものです」と遠い目をしながらつぶやいた。「毎年、この季節になると、そう思うようになりました。ご覧の通り、無茶な生活が祟って、こんなありさまですから」

どこが悪いのか、何の病気なのかは訊ねなかった。それが礼儀だ、と美津子は思っていた。

やがて、桜の木の向こう側から一台のタクシーがこちらに向かって走って来るのが見えた。

「お住まいはどちら?」

そう訊かれ、アパートのある私鉄沿線の駅の名を口にすると、村井は「うちと近いな」と言った。「一緒にお乗りなさい。途中で私をおろしてくだされぱいい」

「いえ、そんな、とんでもない。初めてお会いした方なのに……」

村井は「ほんの御礼ですよ」と言い、やって来たタクシーに向かって杖をかざしながら居場所を教えた。

ここで失礼しますので、と美津子は言ったが、村井は聞いていなかった。目の前に停車したタクシーのドアが開けられると、「どっこらしょ」と言ってベンチから立ち上がり、「痛たたた……」と声をあげながら前かがみになった。

芝居がかってはいたが、美津子は咄嗟に手を差し出し、よろけそうになる村井の腕を支えた。

「実を言うと、さっき膝をね、ちょっとひねったみたいでして」

「え?　ほんとに?　大丈夫ですか」

「このくらい、どうってことはない。さあ、乗りなさい。先に乗ってもらったほうが、私が楽だから」

たかがタクシーに乗る乗らないで、押し問答を繰り返すのも、滑稽《こっけい》だった。運転手が露骨に迷惑そうな顔をしているのが目に入った。気がつくと美津子はタクシーの後部座席に、村井と並んで座っていた。

車内では余計なことは訊かれなかった。村井は自分のことをよくしゃべった。自宅を使って骨董商の仕事をしていること、妻子と別れて独り暮らしを続けていること、若いころからの不摂生のせいで、全身に動脈硬化が広がり、足の血管を詰まらせて、前の年に手術を受けたこと、身体がこんな状態なのに、なかなかいい家政婦が居ついてくれず、困っていること……。

車が目的地に到着すると、村井は運転手に少し待っているよう命じ、一万円札を手渡した。運転手はぺこぺこしながらそれを受け取った。

玄関先まで一緒に行ってくださったら助かります、と彼は言い、わずかに顔を歪めた。「膝のここらへんがね、やっぱりちょっと……」

「では、私は、こっちのドアから降りますね」と美津子は言い、運転手に頼んで後部座席右側のドアを開けてもらった。車の後ろをぐるりとまわって村井の側のドアに近づき、降りようとする彼を両手で支えてやった。

杖をつきながら歩く彼の肘のあたりに手を添え、足元の砂利《じゃり》に注意しながらゆっくりと前に進んだ。狭い道路の片側には石塀が長く連なっていた。隣近所に民家が見当たらないのは、そのあたり一帯が村井の家の敷地になっているからだ、とわかって、その広大さに美津子は思わず息をのんだ。

開け放されたままの門扉《もんぴ》の向こうにある住まいは、黒い瓦の載った和洋折衷の平屋住宅だった。敷地が広いわりには、家はいささか平凡でこぢんまりとしており、住宅地などでたまに見かける、ありふれた古家を連想させた。

玄関に通じる、石畳のアプローチを歩いている時、朽ちかけた竹塀と枝折《しお》り戸の向こうに拡がる庭が覗いて見えた。若葉の季節を迎えようとしている木々、自然のままに放置されている草花や、葉擦れの音をたてている小ぶりの竹林が美津子の視界に入った。庭のどこかで、ヒヨドリが甲高く鳴きながら飛び立つ気配があった。

アーチ型をした木製の玄関扉の脇には、墨文字で「村井骨董店」と大きく書かれた縦長の看板がかかっていた。文字も看板も共に風雪にさらされ、黒ずみ、読みづらかった。

あがってお茶でも、と誘われたが、美津子は礼を言って断った。お愛想で型通りに口にしただけだったのか、村井はほっとしたようにジャケットの内ポケットから名刺入れを取り出すと、中の名刺を一枚、美津子に手渡した。和紙で作られた、上等な名刺だった。

「失礼を承知で申しますが」と村井は言った。「もし、粋狂《すいきょう》にも、うちで働いてみようか、と思われるようでしたら、いつでも遠慮なく連絡ください。いや、実はね、家政婦さんを探してるもんですから」

「あの」と美津子はおずおずと訊ねた。「今は、お手伝いの方はどなたも?」

「昨日まで一人おったんですが」そう言って村井は皮肉をこめて笑った。黄色い歯が覗いて見えた。「くたびれた婆さんでね。届いた古書を部屋まで運ばせたら、重すぎて腰を痛めたとかで、文句言われましてね。もともと虫の好かない女だったんで、即刻、辞めてもらった」

どう応えればいいのかわからないまま、美津子はわずかにうなずいた。顔をあげ、背筋をのばし、あたりを見回す仕草をした。「あちらが全部、お庭になってるんですね。素敵ですね」

「これだけあると、手ばかりかかってね。庭師を入れなきゃいかんのはわかってるんですが、それも面倒になって、ここんところ、ほったらかしです」

「外の石塀の向こう側は何になってるんですか」

「寺、です。寺の境内《けいだい》」

「じゃあ、こちらのお宅は、お寺の境内と同じくらいの広さ、っていうことになるんですか？」

それには応えず、村井は目を細めて微笑し、「そのうちまた遊びがてら、おいでください」と言った。

美津子はうなずいた。「ありがとうございます。あの……外のタクシー、ほんとにこのまま私が乗って行っちゃっていいんでしょうか」

「もちろんですよ」

「じゃあ、お釣りは改めてお届けにあがります」

「いいや、その必要はない。でも、それを理由に来てくださるんだったら、大歓迎です。あ、そうだ。まだお名前を訊いてなかったな」

美津子は「狭山と申します」と答えた。

「下の名は？」

「美津子です」

村井は「狭山美津子さん」と繰り返した。

「あんた、年はいくつ？」

いきなり「あんた」と言われて、多少の戸惑いがあったが、美津子は正直に答えた。「今年で二十八になります」

「結婚されてるの？」

「いいえ」

わずかの間があった。村井はやおら、かぶっていた帽子をとると「今日はまことに世話になりました」と言って、品のいい微笑を浮かべながら頭を下げた。帽子の下の頭髪は白いものが多くなっていたが、思いがけずふさふさしていた。

美津子は丁寧に一礼し、では失礼します、と言いおいて背を向けた。広大な敷地を囲っている生け垣を通し、まだ冷たさの残る風が吹きつけてきた。

待っていてもらったタクシーに乗り、自分のアパートのある町の名を告げた。くたびれた制帽をかぶった五十がらみの運転手は、乗車した時と打って変わって愛想がよかった。

「今さっきのお客さんも、お寺と関係してる方なんですかね」と運転手は車のギアを入れながら、バックミラー越しに美津子をちらと見た。「こっちのお寺とおんなじ広さの敷地みたいだからね。

もともとはつながってたんじゃないんですかね」

「さあ……わかりませんけど」

「これだけ広きゃ、外のバス通りに出るには、自分ちの庭を横切ってったほうが早いよね。こっち側の門からふつうに出入りしてたら、えらく遠回りになる」

美津子が黙っていると、運転手は「それにしても、世の中にはすごい金持ちがいるもんだねえ。こりゃまた、たまげた広さだ」とはしゃいだように言いながら、ゆっくりとアクセルを踏んだ。


美津子の九つ年上の兄、狭山和生《かずお》が、実家の裏山で縊《くび》れた時、美津子は兄の自死を悲しむより何より、これからどうやって生きていけばいいのか、と暗い穴蔵に突き落とされた気がした。

美津子が二十三の年に父親が病死した。昔から、何の仕事をしているのか、よくわからない男だった。前科はなく、刑務所にこそ入ったことはないが、いかにもあやしげな人間たちとかかわり、驚くほどの大金を持ち帰ることもあったし、ぷいと姿を消してしばらく居所がわからなくなることもあった。

お父さんの職業を訊かれたら、何と答えればいいの、と何度も父に質問した。そのたびに父は「自由業と言いなさい」と答えた。

両親は美津子が中学のころ、すでに離婚していた。近所の居酒屋で親しくなった年下の男と関係をもち、男を追って家を出た母親は、離婚後、子どもたちに手紙一本よこさなかった。

父の死後、莫大《ばくだい》な借金が表面化するのではないか、と兄ともども恐れていたのだが、蓋を開けてみれば借金はなく、隠し子もいなかった。父の、いくつかの銀行口座には、合わせて二千万ほどの現金が遺されていた。兄妹はそれをきちんと半分ずつ、端数までそろえて分け合った。

和生はその金を使って、念願だった喫茶店経営に乗り出した。それまで勤めていたビル管理会社には威勢よく辞表を出した。

雑居ビルの二階にあった小さな店を居抜きで購入し、夫婦で開店にこぎつけたものの、まもなく地元の暴力団関係者と金銭をめぐってのトラブルを起こした。すぐに収まるはずだったのが、腹をたてて思わず相手を殴ってしまった和生は、法外の治療費を請求された。

それが発端になり、難癖をつけられて、店からはたちまち客足が遠のいた。ローン返済も滞った。そのうち金利を払うだけで精一杯になり、そこに目をつけたチンピラまがいの金貸し業者から金を借りてしまったものだから、借金はみるみるうちに地獄のような額にのぼった。

和生は美津子に金の工面《くめん》を頼んできた。

「いくら必要なのよ」と美津子が訊くと、和生は右手の人指し指を立て、「一本」と言った。

「……百万?」

そう訊き返した美津子を和生は嘲笑《あざわら》うかのように、情けない目をして見つめた。「美津子は相変わらず世間知らずのネンネなんだな。……一千万だよ」

「それって、お父さんから相続したお金のことを言ってるの?」

「うん」

「そんな……お兄ちゃん、ひどい。どうして私がそんな大金……」

「な、美津子。頼むよ。すぐに返す。今、それだけの金が用意できれば、全部、うまく回転するんだ。ほんとだよ。二週間、いや一ヵ月待ってもらえたら、耳をそろえて返せるんだ。約束する」

和生の隣で、妻の晴子《はるこ》が膝に頭をつけんばかりに身体をふたつに折り、「どうか、どうか」と涙ながらに言った。「美津子ちゃん、お願いします。今、そのお金がないと、私たち、ほんとにもう、生きていけない……」

なぜ、貸してしまったのか、と後になって美津子は何度も繰り返し考えた。烈《はげ》しく後悔した。義姉の涙にほだされた。兄の困惑しきった青白い顔に同情した。怖かった。そんなことが世の中で起こっている、ということが信じられなかった。心労で痩せ衰えた顔を歪め、金の無心をしてきたのは血を分けた兄だった。共に人生の苦境を乗り切ってきた相手でもあった。

思いがけず父親が遺してくれた一千万円は、一切手をつけずに大事にとっておいて、結婚や今後の人生のための資金にするつもりでいた。地味でもいいから、いずれ、まともな会社員か公務員の男と結婚し、子どもを産み、穏やかな人並みの人生を送りたかった。英会話を習ったり、歴史の勉強をしたり、できる限りの教養も身につけておきたかった。

贅沢《ぜいたく》をするつもりは毛頭なかった。平凡で健全な暮らしができればそれでよかった。

結婚したら、いずれ、子ども部屋のある日当たりのいいマンションを買うことになるだろう。子どもの教育費も必要になってくる。日曜日に家族でドライブする時のための、小さな車も一台、欲しくなる。そうなった時、いつでも自分は、この金を夫や子どものために惜しみなく使うことができる……。

夢は際限なく拡がった。それは美津子にとって、長年憧れてきた平和な暮らし、平凡な家庭生活を続けるために、なくてはならない金だった。

それなのに、その全額をそっくり兄に渡してしまった。何と愚かで無謀なことをしてしまったのか、と思う。

美津子が当時勤めていたのは、東京下町の小さな印刷会社だった。給料は安く、預貯金もなかったが、人のいい夫婦とその身内に囲まれた、働きやすい職場だった。

兄の死後、美津子は晴子に貸した金の返済を迫った。晴子はまるで兄がそうすることを初めから知っていたかのように、さっさと相続放棄をすませており、無言のまま泣き伏すばかりだった。ひどく気持ちが塞ぎ、頭痛に苛《さいな》まれた。朝、起き上がることすらできなくなった。印刷会社の社長夫妻に事情を話し、理解してもらおうと思ったが、その気力も失った。やがて無断欠勤が続くようになって、仕事は辞めざるを得なくなった。

いよいよ金に困ると、高給をうたい文句に、ホステスの募集をかけていた場末のクラブに飛び込んで、夜の仕事を始めた。だが、その店が裏で売春まがいのことをしていると知り、嫌気がさして辞めた。

くだんの店で、しきりと美津子に秋波を送ってきていた客の中に、自称実業家の男がいた。ひとまわり年上の、小沼《こぬま》という名の男だった。小沼は店を辞めた美津子を追ってきて、困ったことがあるのなら自分に言ってくれ、と言った。

打ち明けるつもりなどなかったが、しゃれたバーのカウンターで並んで酒を飲んでいるうちに、ふと気持ちがゆるんだ。美津子は兄が借金を苦に自殺したこと、貸した大金を返済してもらえなくなったこと、生活費にも困っていて、自分も死ぬしかないと思うようになっていることなどを話した。

小沼は美津子の肩を抱き、大丈夫、大丈夫、僕がついてる、もう大丈夫、と言った。頭を撫でられた。頰ずりをされた。こらえていた涙がこみあげた。

美津子はその晩、小沼と身体の関係をもった。小沼は帰りがけ、ぎこちない手つきで美津子に一万円札を三枚、手渡した。

「いいかい？　これでみっちゃんの身体を買ったわけじゃないんだからね」と小沼は言った。「そんなこと、僕がするわけがないよ。ただ……少ないけど、生活費の足しに、と思ってさ。とっときなさい」

こんなお金は受け取れない、と言おうとしたのだが、気がつくと美津子は「助かります」と言いながら、当たり前のようにそれを受け取っていた。

小沼とはその後、立て続けに数回、関係をもった。そのつど、二万、三万の現金を受け取り、食事をごちそうになったり、流行のセーターや模造パールのブレスレットとイヤリングのセット、明るい色合いのシルクのスカーフを買ってもらったりした。湯河原《ゆがわら》の温泉旅館にも一泊旅行に出かけた。

K町にある病院の売店の仕事を小沼が紹介してきたのは、温泉から東京に戻る列車の中だった。

「まじめな仕事だよ」と小沼は、垂れ目のふちにこびりついた目脂《めやに》を指先でこすりながら言った。皮肉には聞こえなかった。「みっちゃんにふさわしいと思うよ。ちゃんとした病院でさ。地元でもすごく評判がよくてね。一階に品数をそろえた売店があるんだ。そこならすぐに口利きできるんだけど、どうかな」

小沼は人材派遣の仕事にもかかわっている、という話だった。K町、と聞き、都心から離れていることと、その土地に何の縁もゆかりも持っていないことに一瞬、抵抗を覚えたが、病院の売店の仕事、と聞き、美津子の気持ちは和《なご》んだ。まじめに定職につき、小さなアパートの部屋で慎ましく暮らしながら、週末、小沼が通って来るのを待っている自分を思い描いた。

小沼には妻と娘、息子が一人ずついたが、仕事柄、自由がきくので、そうした関係を細く長く続けることもできるはずだった。結婚など、できなくてもいっこうにかまわなかった。小沼、という、特に魅力があるわけでもない、優しい口調だけが板についている小太りの男が恋しいわけでもなかった。まして性的に惹《ひ》かれ、失いたくない、と思っていたわけでもない。

美津子はただ、家庭生活、結婚生活のまねごとをしてみたいだけだった。束の間でもかまわない、小沼がそんな時間を与えてくれるのなら、喜んでK町だろうが、名もない村であろうが、言われるままに赴くつもりだった。

それなのに、K町の病院売店に勤め、アパートに居を落ち着けてから、小沼が美津子を訪ねて来たのは一度きりだった。仕事が急に忙しくなってさ、と言い訳された。みっちゃんのほうで出てきてくれたら、いつだって会えるんだけどね、と口では言うものの、じゃあ、私が会いに行く、と美津子が言えば、そのつど、仕事を理由にうやむやに断られた。

なんとはなしに自分との関係を続けていくことが煩《わずら》わしくなった小沼が、都心から離れた場所の仕事を見つけてきたのだろう、と思うと猛烈に腹が立った。お払い箱にしようとしている女に、まじめな仕事を世話し、万事、暮らしの準備を整えてやってから去って行く、というのはいかにも小沼らしいやり方だったが、そんな中途半端な情を示されるより、いっそ、文字通り、身一つで捨てられたほうがましだ、と美津子は思った。

そのうち小沼とは連絡がつかなくなった。東新橋にあった彼の事務所はもぬけの殻で、どこかに移転したのは事実のようだったが、移転先は誰も教えてくれなかった。

自宅のある町の名は知っていたものの、住所は聞いていなかった。調べあげて、家に押しかけてみようかとも思ったが、やがて、そんなことをするのも億劫になった。

何も思い出さず、何も考えない、感じない生活をしていかねばならなかった。それがいやなら、井戸の中に放り込まれた小石のごとく、暗闇の拡がる底の底に向かって、まっしぐらに落ちていくしかないのだった。

売店での仕事は休まなかった。仕事仲間たちとはうまく距離を保ち、深入りしない程度に付き合った。

仕事が終わると、まっすぐアパートに戻った。都心まで出て、映画を観たり、うろついたりしてくることは滅多になかった。休みの日は図書館に行き、雑誌をめくったり話題の本を斜め読みしたりして時間をつぶした。

食事はたいてい、自炊だった。そのほうが金がかからなかったからだが、自分で作ったものを口にしているうちに、外から買ってくる弁当だの惣菜だのはまずく感じるようになった。

今日のことしか考えない。明日を思い患わない。目の前に流れる時間だけを見つめて生きる。もらった給料分だけの生活をもくもくと続ける。欲を捨てる。未来を思い描かない。

……それが美津子の人生になった。

葉桜の季節が終わり、初夏の陽気に包まれるころ、美津子は通いの家政婦として村井の家に出入りするようになっていた。

初めて会ってから数日後。手渡された名刺の電話番号に電話をかけると、すぐに村井本人が出てきた。

「そちらで家政婦のお仕事をさせていただく件なんですが」と美津子はおずおずと切り出した。「今の仕事を正式に辞めるのに少し時間がかかりますけど、候補の一人に挙げておいていただけたら、と思いまして」

村井はさも嬉しそうに、そうか、だったら、いつからでもかまわないんだ、今日からでも明日からでも、と言った。給金は相談に応じる、やってもらう仕事は家事全般、基本的には朝九時半から夕方四時半まで、休みは毎週日曜日と祝日、ただし、変更も可……などと、まるで書かれたものを読み上げているかのように早口で続けた。

「先日のタクシー代のお釣りもお返ししなくちゃいけないので、気にしています」

「それはもう、いい。とっておいてください」

「いえ、そういうわけには……」

「じゃあ、ここにいらっしゃい」と村井は軽い調子で言った。「待ってますよ」

もしも村井のもとで働くことになるのなら、その前に病院売店に正式に辞表を出さねばならず、順序が逆になったら困る、などと案じていたものの、美津子が釣り銭を返すために再び村井邸を訪れると、村井はにこにこしながらコーヒーをいれてくれた。壺や花器、茶道具や西洋ランプなどの骨董品や美術品、古書が、暗赤色の絨毯の上いちめんに並べられた座敷に案内され、説明を受けた。そして、縁側の外に拡がる広大な庭に降り、杖をつきつつゆっくり歩く村井から、草花や木々の名を教わり、朽ちたクヌギの倒木や湿った叢を通って吹いてくる瑞々《みずみず》しい風を受けているうちに、美津子は早くも、村井の屋敷で働くこと以外、考えられなくなってしまったのだった。

村井は足が少し不自由になっていたため、屋内を歩くのも面倒がった。何かにつけ呼びつけられ、あれをとって来てくれないか、これを持ってきてほしい、などと思いつくままに細かい用事を言いつけられるのにはいささか閉口したが、家事のやり方に関しては驚くほど鷹揚《おうよう》だった。ひとつも気難しいところはなく、食事の味つけや献立に関しても美津子の好きにさせてくれた。掃除洗濯は気のむくままにやってくれればいい、とのことで、畳や廊下に綿埃が見えていてもいっこうに頓着《とんちゃく》せず、特に用事がない日は早く帰っても許された。仕事関係の客人がやって来ることが少なくなかったが、深夜までつきあわせて酒の用意をさせるなどの、余計な仕事を押しつけられはしなかった。仕事は想像していたよりも楽だった。

それまでの家政婦同様、週給制にしてほしい、と言われた。美津子は毎週、土曜日にその週の給金を現金で渡された。

給金は期待していたほど多くはなかった。週に換算すれば、それまで勤めていた病院売店の給料よりもほんの少しいい、といった程度だった。

だが、村井は到来物の果物や、客人が手みやげで持参する珍しい菓子を気前よく分けてくれた。時にはそっくりそのまま、箱ごと菓子や食べ物を渡してくれることもあった。美津子が作った料理の残りは好きなだけ持ち帰ってかまわない、と言われていたので、食費がかからなくなった。そのおかげで、わずかではあったが、蓄えもできるようになった。

印刷所に勤めていた時、いち早くワープロを使いこなせるようになっていたため、まもなく美津子は村井から、家事以外にも、仕事のための資料作りを頼まれるようになった。村井が仕事場に使っているのは、十畳ほどの座敷だった。檜《ひのき》の一枚板で作られた大きな座卓を前に彼と並び、ワープロに数字を打ち込んだり、文章を打ち込んだりしながら資料作りを手伝っていると、みるみるうちに時間が過ぎた。

夜遅くまでかかりそうな時は、「今日は夕食は作らないでもいい。鮨《すし》でもとろう」と村井が言い出し、美津子に出前で鮨をとらせた。鮨桶を座卓に並べ、彼は鮨をつまみつつ、美津子相手に麦酒《ビール》や日本酒を飲んだ。

話題は骨董についての講釈のようなものばかりだった。聞いていてもさっぱりわからず、別段、面白くも感じなかったが、勉強になると思いながら聞いていると、それなりに頭に入ってくることも多かった。

村井は美津子の過去を訊きだそうとすることもなかったし、知りたがる素振りを見せることもなかった。一風変わった人物であることは確かで、本当のところ、何を考えているのか、見当もつかなかったが、病気を抱えているせいもあってか、脂ぎった側面は見られなかった。生理的に嫌悪感を与えられることもなく、まだ還暦前だというのに、早くも枯淡《こたん》の境地に達した老人のような気配をまとわりつかせているのが奇妙と言えば奇妙だった。

その年の梅雨の季節。開け放した窓の向こう、闇にのまれた広大な庭に、雨が間断なく降り続き、そちこちの木々の葉や叢をしとどに濡らしている晩だった。

ワープロに向かっていた美津子の横で麦酒を飲んでいた村井が、「今日は馬鹿に虫が多いな」といまいましげにつぶやいた。「蒸し暑くなると、すぐにこれだから困る。天井の明かりを消しなさい。こう寄ってこられちゃ、かなわない」

わかりました、と美津子は言い、立ち上がった。庭に向かう窓は網戸つきだったが、網のところどころが破損していた。明かり目がけて飛んでくる虫たちは、網に空いた穴から室内に入りこみ、悠々とうるさく、小さな羽音をたてながらあたりを飛びかっていた。

美津子が壁のスイッチを押すと、天井の明かりが消えた。座卓のゼットライトの光が届かないところはたちまち、小暗い、ざらざらとした闇に包まれた。

あんたも飲みなさい、と勧められ、グラスになみなみと麦酒を注がれた。喉が渇いていた。目が疲れたせいで、なじみのある軽い頭痛も始まっていた。美津子は注がれた麦酒をありがたく思いながら、ごくごくと飲みほした。

そろそろ帰りたい、と思いながらも、支度をし始めることすら、億劫だった。最終のバスが近くの停留所にやって来るまでは、まだ時間があった。

美津子は麦酒の瓶を手にし、村井のグラスに注いでやった。そして、いただきます、と小声で言いつつ、空になった自分のグラスを再度、充たした。

すでに室内に入りこんでいた蛾が、座卓の上のライトにぶつかって、黄金色の鱗粉《りんぷん》をまきちらしているのが見えた。軒《のき》をうつ雨の音が大きくなったり、小さくなったりを繰り返した。

酔っていたわけではなかった。麦酒を小さなグラスで二杯飲んだだけだった。村井にしても同様だった。彼は身体を壊すほど酒を飲んできた男だった。その程度で理性を失うなど、考えられなかった。

だが、気がつくと、美津子の手に村井の手が重ねられていた。仕事場で村井が定席にしている座椅子は、美津子のすぐ隣にあった。少し色あせた、うすい紫色の座布団の上で、村井はひとつもためらうことなく、美津子の手をそっと自身の局部にもっていこうとした。

美津子は驚いて手に力をこめた。振り絞るような声で言った。「……酔ってらっしゃるんですね。いけません」

世間知らずの令嬢でもあるまいし、この程度のことで騒ぎにはしたくなかった。男はよくこういうことをする生き物だった。親子ほど年が離れてはいても、村井も男なのだから、と思えば、何のふしぎもなかった。

だが、村井は「違う」と言った。地の底から絞り出したような、太くかすれた声だった。「酔ってなぞいないよ」

村井の力は恐ろしいほど強かった。病身の身体のどこに、そんな力があるのか、わからなかった。

彼は逃がさぬよう、がっしりと美津子の手をつかんだまま、もう片方の手で、素早くズボンの前を開けた。見事に完璧な手さばきだった。

充血した熱い塊《かたまり》がむきだしになった。信じがたい想いにかられながら、美津子は息をのんだ。意に反し、束の間、それに魅せられた。烈しい嫌悪と軽蔑と好奇心がないまぜになった。全身に勢いよく血がまわり、あげく、そのまま滞ってしまったように感じられた。自分が何をしているのか、わからなくなった。

気がつくと、導かれるままに、美津子は手淫を手伝っていた。何年も前から、そんなふうにして手伝ってきたかのような気がした。

村井は美津子の身体には触れなかった。触れていたのは美津子の手だけだった。自分の性器から美津子の手が一寸たりとも離れないようにしていただけだった。

ことが終わりそうになると、村井は美津子の手を勢いよく突き放し、あとのことを自分だけの力で処理した。着ている彼のシャツの袖がリズミカルにこすれ合った。その衣擦れの音に、はっ、はっ、という荒い息が重なった。彼が一瞬、全身を強張らせ、喉が詰まるような声をもらすまでに要した時間は短かった。

彼はしばし、荒い息をつきながらぐったりしていたが、やがて我に返ったように、そばにあった手拭いで自分のものを始末し始めた。座椅子に背中を押しつけ、決められた儀式のごとく、ズボンの前を閉じた。

終わるとひとつ、深いため息をついた。快楽の、というよりも、それは病者が放つ苦痛の呻《うめ》きのように聞こえた。

彼はおもむろに座卓についているうすい抽斗《ひきだし》を開け、中から黒い長財布を取り出すと、一万円札を三枚、美津子に向かって差し出した。そのくちびるは乾いていた。枯れ葉のようなうすいくちびるの間から、「ありがとう」という言葉がもれてくるのが聞き取れた。

美津子は烈しく首を横に振った。小鼻をふくらませ、村井をにらみつけた。だが、内心、それはどこか芝居がかっている、と感じた。拒まずに手伝ってやったのは事実なのだった。

村井は黙ったまま、金を座卓の上に置き、そこに青銅の細長い文鎮を載せた。飛び交う小さな蛾の鱗粉が、明かりの中に舞い落ちていくのが見えた。

座卓に手をつき、村井はよろよろと立ち上がった。足元がおぼつかず、今にも倒れてしまうのではないか、と思われた。

「おやすみ」と彼は美津子には一瞥《いちべつ》もくれず、座敷の片隅の暗がりに向かって嗄《しわが》れた声で言った。

「気をつけて帰りなさい」

部屋から出ていった村井が、トイレを使う気配があった。長い放尿を終えると、彼は寝室に引き取った。庭の木の葉や草をたたく雨の音だけが聞こえていた。

美津子は身じろぎもせず座っていたが、やがて深く息を吸うと、眉をひそめながら、右手をごしごしと座っていた座布団にこすりつけた。嘔吐《おうと》感《かん》がこみあげてくるのが感じられた。くちびるを強くかみしめ、慌ただしく文鎮の下から三枚の一万円札を手の中にすべらせた。はいていたスカートの、脇についている小さなポケットにそれを押し込んだ。

ゼットライトの明かりを消し、立ち上がった。庭の向こうに立っている古びた庭園灯の青白い光だけを頼りに、窓を閉めて鍵をかけ、埃っぽくなった黄土色のカーテンを閉じた。

勝手口にまわり、台所に置いたままにしてあった布製のショルダーバッグと傘を手に、靴をはいて外に出た。胸が圧迫されるような感覚があった。汗がこめかみを伝って流れた。外の湿度はさらに増していた。

勝手口のドアを施錠し、玄関前までまわって、いつものように庭に入る枝折り戸を開けた。バス通りに出るには、庭を斜めに横切り、雨風に晒《さら》された生け垣の、人が一人、通り抜けられる分だけ空いている穴から外に出るほうが早かった。

帰る時、いつも美津子はそうしていた。寺の石塀に囲われた人けのない細い道を、夜分、一人で歩くのは怖くてやりきれなかった。庭は広く、小暗くて、光の届かない暗闇に何がひそんでいるかわからない不気味さがあったが、外の石塀の脇の道を歩くよりもはるかに安全だった。

傘をささずとも、庭木立の鬱蒼《うっそう》とした葉が雨を遮《さえぎ》ってくれていた。梢から滴《したた》り落ちてくる雨滴を頭や肩に受けながら、美津子は顔を歪め、庭を小走りに駆け抜けた。

その後、同じことが繰り返された。そのたびに美津子は、ことが終わってから、文鎮の下に置かれた数枚の一万円札をスカートやジーンズのポケットにねじこんだ。

村井が「今日は資料作りを頼む」と言ってくることは、二人の間での合図になった。言われるたびに美津子は、その晩、また同じことをするのだ、と腹を括《くく》った。

身体をまさぐられるわけではなかった。村井は美津子の身体には指一本触れなかった。ほんの数分間、我慢するだけで、小遣いがもらえるのだから、と美津子は思った。そんなふうに、自分自身を納得させようとするのが不思議でもあった。

あるいはひょっとして、小遣いがほしくて受け入れているのではなく、それはただの言い訳であり、自分はあの男の性欲を鎮めてやることを真の目的にして、手淫を手伝ってやっているのかもしれない、と感じることもあった。

そう感じるたびに美津子は、あまりのおぞましさに背筋が寒くなった。目をそむけたくなるほどの自己嫌悪にかられた。

それでも、その種の奉仕はこの世に掃いて捨てるほどある、と考え直した。自分はただ、それと同じことをしているだけなのだ、気にする必要などないのだ、と思った。

一方で、村井の性欲が亢進《こうしん》するのは、患っている病気のせいだと考えることもできた。村井は毎朝毎晩、美津子にはわからない、たくさんの薬を服用していた。その薬の影響で、異様に性欲が増してしまう、ということもあり得た。

売店で働く同僚の、中年の女からも、そういう話を聞いたことがあった。薬の副作用でそうなることがあるみたいよ、と女はひそひそ声で言った。

そんな話、初めて聞きました、と美津子が驚いてみせると、女は少し好色そうな笑みを浮かべ、困ってる男たちには、そういう薬を飲ませればいいのにね、と言ってうすく笑った。

とはいえ、もしも薬の影響なのだとしたら、かえって腹立たしいではないか、と美津子は思った。それほど性処理がしたくてたまらなくなるのなら、自分ひとりで行なえばいい。なぜ、女の手を必要とするのか。それでは女は、ただの処理機械に過ぎなくなるではないか。人を馬鹿にするにもほどがあるではないか。

これまで家政婦が居つかなかった、というのはこのせいだったのか、とも考えた。村井は「くたびれた婆さん」にも、同じことをやらせ、そのたびに小遣いを与えていたのかもしれず、だとすれば、彼は何も、相手が美津子だから特別に欲情しているわけではないのである。美津子を女として気にいったから、そうさせているのではないのである。ただ、「処理」のための手を借りているだけなのである。

そう考えると、いっそう、烈しく侮辱されているような気がした。

女の手さえ借りることができれば、相手は誰でもいいのか。一見、上品な金持ちの紳士ふうで、難しいことを口にし、教養をひけらかしてはいるが、ただの下卑た助平じじいじゃないか、と美津子は思った。しかも、女の手は汚させるが、決して身体は汚さない、という、絶対の逃げ道を作っている。卑怯だった。

それなのに、美津子は夜の資料作りを頼まれても断らなかった。露骨にいやな顔をしてみせることはあったが、口では「わかりました」と言っているのだった。なぜ、そんな馬鹿げたことを引き受け、続けていられるのか、自分でもわからなかった。わかろうとすること自体、面倒になっていた。

時折、自分の右手をまじまじと見つめ、その手それ自体が汚らわしく思えてきて、右手で食べ物を触ることすらできなくなった。それなのに、次にまた村井から夜のワープロ打ちを頼まれると、黙って応じて、同じことをした。

終われば、文鎮の下の一万円札を抜き取り、ポケットに押し込んだ。やっていることは、かつて小沼に抱かれていた時と寸分の違いもなかった。

真に汚らわしいのは村井ではなく、自分のほうではないか、と思い、美津子は慄然《りつぜん》とした。

その晩も、同じことが始まり、同じように終わって、いつものように美津子は帰途についているはずだった。

終われば村井は何かに怒ってでもいるかのように素早く後始末をし、ズボンの前を閉じる。金を文鎮の下に置き、その場から立ち去る。ややあってから美津子は手を伸ばし、その金をポケットにおさめる。部屋の戸締りをし、勝手口から外に出て、庭を横切り、生け垣の穴から外に出て、表のバス通りに向かう……。

だが、その晩は初めから何かが少し違っていた。

村井はワープロに向かっていた美津子に、「今日はこれで」と言った。「続きはまたにしよう」

美津子は村井を盗み見た。村井はいつになく疲れた表情をしていた。何か別のことを考えているかのようでもあった。

「もしかして、お身体の具合でも？」

「いや、別に何も」

「……お食事はどうなさいます？」

「食事はいらない。麦酒を持ってきてくれないか。喉が渇いた」

開け放された窓の向こうで、虫がしきりと鳴き狂っていた。鈴虫、コオロギ、クツワムシ……。バッタが羽をこすり合わせる、ギシギシという音も聞こえた。月明かりが庭を皓々《こうこう》と照らしていた。

ワープロの電源を落としてから台所に行った。その晩の夕食にするために作っておいた肉じゃがとキンピラゴボウを小鉢によそって、麦酒と共に盆に載せた。座敷に戻ると、天井の明かりが消され、ゼットライトの光の中で、座椅子の上の村井がふんぞり返ったように腕を組んでいた。

彼の目が美津子をとらえた。とらえたかと思ったら、濡れたように光った。うす闇の中で光る獣の目のように見えた。

美津子は気づかなかったふりをして、座卓に盆を置き、自分の座布団に腰をおろした。麦酒の栓を抜いた。

麦酒をグラスに注いでやると、村井はごくごくと喉を鳴らして飲みほしてから、またしても視線を美津子に向けた。鋭く不可解な視線だった。

「あんたは飲まないのか」

「はい」

「グラスを持って来なさい」

「いいんです」

「どうして」

「別に」

彼は黙ったまま、美津子の全身を舐《な》めまわすように見つめた。そして、かすかに小鼻を拡げたかと思うと、いつものように美津子の手をとった。その直後、ぐいと強く身体を引かれた。暗くてよく見えなかったが、座椅子の上の村井のズボンは、すでに太もものあたりまで下げられていた。彼がそんなふるまいをしたのは初めてだった。

村井はやおら両手で美津子の頭を強くつかむと、局部に押しあてようとした。美津子は烈しく抵抗し、短く悲鳴をあげた。首筋と両肩に力をこめて、眼前に近づいてくるものから遠ざかろうとした。

「やめてください」と美津子は抵抗を続けながら、必死で声を押し殺しながら言った。「そんなことしたら、ここを嚙み切りますよ。本気ですよ」

とたんに頭をおさえつけていた手から力が抜けていった。ふいに首が自由になった。美津子は畳に両手をついて身体を離した。呼吸が苦しかった。恐怖と嫌悪のあまり、唾液が口から滴っていくのが感じられた。

「ほんの冗談だよ」と村井はかすれた声で力なく言った。「……すまない」

美津子の頭から離れた村井の手は、しかし、美津子の手からは離れなかった。彼はいたずらの許しを乞う少年のような目をして、美津子を上目づかいに見た。握った美津子の手を軽く揺すった。「すまない。二度としない。悪かった」

彼はしばらくの間、美津子の反応を窺っていた。美津子が黙ったままでいると、やがて注意深い動きで、つかんでいた美津子の手を静かに持ち上げた。全神経を集中させながらゆっくりと、それを局部に導いた。あたかも、平々凡々たる見慣れた、安心できる日常が、そこにあるかのように。

腹が立った、というよりは美津子は深く絶望した。何もかもが馬鹿げている、と感じた。この男も、この男のところで働き始めた自分も、これまで自分の上を流れていったすべての時間も。それだけではない。若い男と逃げた母、首を括るしかなくなった兄、泣きふしていただけの役立たずの嫂《あによめ》、恋愛ごっこを楽しんだあげく、巧妙なやり口でお払い箱にしてきた小沼……。いったい自分はここで何をしているのだ。永遠にこんなことを続けようとしているのか。自分の右手をこんなことのために使おうとしているのか。

眉をひそめ、顔を歪ませながら怒りをこめて、美津子はいつもよりも数倍、烈しくこすった。憎しみと絶望を右手に託した。無我夢中でこすり続けた。

村井は顔を真っ赤にしながら、歓喜の呻き声を発した。座椅子から伸びた両足の爪先が、ぴくぴくと痙攣するのが見えた。

容赦なくさらに力をこめた。村井は喉が詰まったような声をあげながら、いつものように慌ただしく邪険に美津子の手を振り払った。まもなく最後の瞬間がきた。美津子は、敵から逃げ去るウサギのような素早さで身体を離した。

雄叫びのような、狼の遠吠えのような声が村井の喉からもれた。次いで得体のしれない、気味の悪い音が喉の奥のほうから聞こえてきた。くちびるの端から、白い泡のようなものが噴き出したのが見えた。

気味の悪い音が途絶えた。村井は両目を開け、口を半開きにしたまま、背中を座椅子に預けていた。その身体はぴくりとも動かなかった。

美津子の心臓が烈しく波うった。何が起こったのか、知る前にわかってしまったような気がした。

庭の虫の音がひときわ大きくなった。耳に入ってくる音はそれだけだった。

このことはきっと、と美津子は荒い呼吸を繰り返しながら思った。誰にも一生、理解されるわけもない。この男を憎んでいたのか。いつか殺してやりたいと思っていたのか。今がチャンスだと思ったのか。こうすることが、死を招くとわかってやったのか、それとも、ただの無意識、偶然だったのか。何が悪かったのか、何が間違っていたのか。

いったい誰にわかるだろう。わかるものか。わかられてたまるか。

美津子はよろけながら立ち上がった。大急ぎで庭に面した窓に近づき、それらを次々に閉めて鍵をかけた。カーテンを引いた。ゼットライトの明かりはそのままにして、廊下に飛び出した。

頭の中で、素早く記憶を甦らせた。肉じゃがとキンピラゴボウを盛った小鉢、麦酒があそこにあるのは、家政婦として働いている自分が、主に頼まれて持っていったからであり、何のふしぎもない。グラスに麦酒を注いでやったのも、いつものことであり、美津子の指紋がついていて当然である。

自分は今日は飲んでいない。一滴も。村井につきあって親しく麦酒を飲んだ、ということには決してならない。村井の家を辞去するのがこの時刻になるのも、資料作りをした晩のことなのだから、不審には思われない。

台所に入り、手荷物をかき集め、勝手口から外に出た。ドアを閉め、鍵をかけ、落とさないよう注意して鍵をバッグの中におさめた。がくがくする膝をなだめすかしながら、小走りに枝折り戸に向かった。

枝折り戸を開け、庭に入って、いつものように歩き出した。青白い月の光が、あたりを昼間のように照らしていた。庭は、夢の中にあらわれる幻想的な風景のように見えた。

響きわたる虫の声が、耳の中で鳴っている得体の知れない音のように聞こえる。しとどに湿った羊歯《しだ》の茂みと、キノコが群生している苔との間の土の上を歩く。夏草に被われ、夜露に濡れた萩の花の群れが美津子の腕に触れてくる。どこかの木の枝で、梟《ふくろう》が低く鳴いたような気がする。

蔦《つた》のからまった木立の脇をすり抜ける。美津子は自分の吐く息の音が、虫の声の中に混ざって消えていくのを感じる。

断ち切ったのだ、と思った。もういい。もうたくさんだ。うんざりだ。

胸がふるえ、涙があふれてきた。月明かりに照らされた夜の庭が、目の前に無限に拡がっているように思われた。

美津子は顔を歪め、前のめりになって、夜の庭を駆け出した。

白い月

多美《たみ》の叔母、田鶴子《たづこ》はその日、遺族控室に現れた時から、泣いてばかりいた。涙ぐむだけならまだしも、嗚咽《おえつ》を殺しながら顔をゆがめ、大げさなほどの涙を流す。控室に用意されていたティッシュで洟《はな》をかみ、たくさん使うのはもったいないと言い、そのつど、四角く折り畳んで喪服の胸元にさしはさんだ。

多美の夫が急死した。通夜と告別式には、それなりの人たちが集まって来る。多美は田鶴子から、あんた、何もする気になれないのはわかるけど、喪主なんだし、きちんとした喪服を着てなくちゃだめよ、と言われた。

自分の喪服は持っていなかった。だが、数年前に他界した義母が遺した喪服が一式、自宅の簞《たん》笥《す》に眠っていたのを思い出した。

冬用の喪服と夏用の喪服、春秋用の喪服、三種類あって、それらに合わせるための襦袢《じゅばん》や帯、帯揚げや帯留めも三種類。草履やバッグまでそろっていた。

義母が死んだ時、多美は四十代半ばだった。遺品整理をしていて、それを見つけ、今後、こういうものは一揃い、用意しておいたほうがいい、いつなんどき、何があっても慌てずにすむのだから、と考えた。処分せずに持ち帰って、自宅の箪笥にしまっておいたのだが、まさかそれを自分の夫の通夜と告別式に使うことになるとは想像もしていなかった。

五十二にもなったというのに、多美は昔から着物には興味がなく、ほとんど身につけたことがない。最後に着物を着たのがいつだったのかも、思い出せない。一人では喪服を着ることができないため、田鶴子が着付けをしてくれることになった。

「はい、多美ちゃん、前向いて。背筋のばして」

控室の姿見の前に立った多美は、田鶴子に言われた通り、前を向いたり、両手をあげたりした。ほとんど眠っていないせいで、足元がふらふらした。気をつけていないと、膝からくずおれていきそうだった。

いったい何が起こったのか、多美にもまだ、よくわかっていなかった。昏《くら》い押し入れの奥にうずくまって黙ってうつむいている、寄る辺のない子供に戻ってしまったみたいだった。

「さ、これから、帯、締めるからね。苦しかったら言ってね」

胴にぐるぐる巻きにされた黒くて硬い帯を田鶴子は、ぎゅうっと締めあげた。めそめそ泣いてばかりいるくせに、田鶴子の力は滅法《めっぽう》強かった。

あまりに力をこめられたので、足元が大きくふらついた。多美は思わず、畳の上をよたよたと蟹歩きした。

「ほらほら、しっかり立っててて」と田鶴子は言った。言いながらまた、洟をすすり上げ、胸元から使用済みのティッシュを取り出して、ぷん、と勢いよく洟をかんだ。

「覚えてる？　あんたに竹彦《たけひこ》さんを紹介した時のこと」

「何？」

「あたし、着物、貸してあげたでしょ？　多美ちゃん、着物なんか窮屈でいやだ、って言ってたけど、見違えるほどきれいになって。お人形みたいだった。竹彦さん、ひと目であんたのこと、気にいったのよ。気にいった、ってこと、あたし、すぐわかったもの。お似合いだったのにねえ、なんだって、こんなことに……。まだ若いのに、こんなに突然、先に逝っちゃうなんて。多美ちゃんをひとり遺して……」

そうね、と多美は言った。他にどんなことを言えばいいのか、わからなかった。口をきくのが億劫《おっくう》だった。

控室の引き戸に軽いノックの音がした。戸が静かに開き、葬儀屋の女が顔を覗《のぞ》かせた。あと三十分ほどしたら、通夜のための最終打ち合わせをしたい、という。

わかりました、と多美は応えた。帯で締め上げられた胸が苦しかった。胸元に指先をさしはさみ、隙間を作りながら、畳の部屋にひとつしかない椅子に腰をおろした。

田鶴子は、多美の喪服が入っていたたとう紙を丁寧に畳み、部屋の隅に置き、また洟をかみ、次に姿見に向かって正座して、化粧直しを始めた。てきぱきと白粉《おしろい》をたたき、口紅を引き直し、頰にうっすら紅《べに》をさした。七十五になった田鶴子の髪の毛はほぼ真っ白だが、鏡に映るその顔は、みるみるうちにひとまわり若く見えるようになった。田鶴子は若いころから、姉である多美の母親よりもずっと美人で、色気があって、本人もそのことをよく知っていた。

「もうすぐ主人が来るわ。誰か一緒に連れてくるはずよ」

そう言いながら、田鶴子は化粧ポーチのファスナーを閉め、しどけなく腰をくねらせながら後ろを向き、それをバッグの中にしまった。

「ほんとに、どうしてこんなことに」とまたしても叔母が深く長く嘆息したので、多美もまた、「そうね」と小声で応えた。

言うこともなかったし、することも何もなかった。多美は座卓に手をのばし、出がらしのお茶をいれて飲んだ。自分のしていることを、もう一人の自分が遠くから眺めているような気がした。


多美の夫、竹彦が死んだのは、ほんの三日前。山手線に乗って、ドアに近いシートに座っていた時、急に心臓が止まったようだった。

誰にも気づかれず、そのままぐるぐると東京を何周かまわっていたが、夕方になって学校帰りの小学生の男の子が大勢、乗り込んできた。子供たちがふざけて、互いに身体を小突き合っていた時、たまたまそのうちの誰かが竹彦の身体めがけて倒れこんだ。鞄を胸元で抱え、うなだれた姿勢で眠っているように見えた竹彦の身体が大きく横に倒れかかってきて、隣に座っていた乗客が異変に気づき、通報した。

十月の、冷たい雨が降りしきる日だった。知らせを受けた多美が病院に駆けつけた時、竹彦は病室にはおらず、ストレッチャーに乗せられたままの姿で霊安室にいた。まだ、自分が死んだことを理解できていないような、どこか素っ頓狂な感じのする死に顔だった。

事件性はなく、急性心不全、という死亡診断書が書かれた。医師や警察の話を総合すると、山手線の座席に座っていた時、突然の心停止に襲われたが、おそらく苦痛はほとんどなかったと思われる、とのことだった。

死亡推定時刻は午後一時ころ。心停止になった時、山手線がどのあたりを走っていたのか、ということまではわからなかった。

竹彦は五十七歳。三十五の時に三十だった多美と結婚した。子供には恵まれなかったが、夫婦ふたりの暮らしは穏やかで円満なものだった。

もともと物静かな男で、言動はおしなべて控えめだった。妻に小言を言ったり、自分の苛立《いらだ》ちをぶつけたり、愚痴を言ったりすることは皆無だった。生活の細かいところはすべて妻に任せ、好きにさせてくれた。

無口というほどではなかったものの、自分の考えや思いを述べることはなく、うんうん、と妻の言うことに耳を傾けた。多美が何か心配事を訴えると、決まって、大丈夫だよ、という言葉が返ってきた。そのやわらかな物言いのせいなのか、大丈夫だよとしか答えないとわかっていて、そう言われるたびに多美は嬉しく、ありがたく思った。

彼は誰もが知っている有名国立大学の薬学部を出て、同大の大学院を卒業。それから大手製薬会社の研究職の仕事についた。

ね、多美ちゃん、それはそれは、とってもいい方がいるのよ、一度、会ってみない？　田鶴子が、興奮気味に多美に連絡してきた時、多美は「いまどきお見合いだなんて」と一笑に付したものだった。

だが、田鶴子は強気だった。「何言ってるの。知らないの？　結婚相手はね、恋愛なんかよりお見合いで見つけたほうが、ずっといいんだから」

当時、まだ元気だった多美の母親は、ふってわいた好条件の縁談に大喜びした。まるでそれが、自分にきた縁談であるかのようだったが、父は違った。

東京下町の小さな工場で長年、もくもくと働き続けてきた父は、研究職なんかをやっている、高学歴、高収入の男は多美にふさわしくない、不釣り合いにもほどがある、どうせさんざん馬鹿にされ、いやな思いをさせられて、ぼろ雑巾みたいに捨てられるだけだ、と言った。

父はもともと、「不釣り合い」なのに平気で押しかけ、「不釣り合い」をものともせずに相手に取り入って、資産家の男と結婚した田鶴子のことを嫌っていた。ああいう女のことを品がない、というんだ、いつのまにか、気取ったしゃべり方までするようになりやがって、お里が知れてるってのに、と蔭《かげ》で悪口を言い続けた。

母とはそのたびに大喧嘩になった。母は父に聞こえないよう、多美にだけ吐き捨てるように言った。「自分の学歴とか仕事とかに、劣等感をもってるんだよ。自分がみじめなもんだから、悔しくてあんなふうに言ってるだけなんだよ。まったく手に負えない」

母と叔母、二人からの強い勧めに抗しきれなくなり、多美は不承不承、その提案を受け入れた。田鶴子がセッティングしてくれたホテルのラウンジに向かう前には、田鶴子の家に行かされ、着物まで着せられた。

これからいとも古風な、時代錯誤と言っていいような「見合い」が始まる、と思うと、内心、うんざりだった。

多美は世間の女たちが競うようにして伴侶を見つけるのに奔走したり、自分を飾りたてて男の気を惹こうとしたりすることが理解できなかった。触れ合える関係の男がいなかったわけではないが、長続きはしなかった。主婦になって、一日中、家事にいそしみながら暮らすのが多美の夢だった。にもかかわらず、その理想とする風景の中にはいつも、夫や子供の姿はないのだった。

竹彦はその日、およそ洒落っ気にはほど遠い、ありふれたスーツ姿で多美の前に現れた。シャツは清潔そうなのに、ネクタイの結び方が悪いせいで、胸元が少しだらしなく見えた。すでに頭髪がうすくなっていて、太陽の光をあびたことがないかのように、その肌は青白かった。

しかし、よく見ると端正な顔だちをしている男だった。なにより多美は、メタルフレームの眼鏡の奥の、彼の目の美しさに惹かれた。おどおどした少年の怯えのようなものが見え隠れしているその目には、相手を理解したいと切望している無垢な光、世界に向けた誠実さのようなものが感じられた。

竹彦さんが、もう一度、お目にかかりたいと言ってきてるのよ、と田鶴子から聞いた時は、よほど酔狂な男か、さもなければ変人だろうとしか思わなかったのだが、多美も悪い気はしなかった。

決して会話がはずむわけではなかったが、ふたりでいても居心地は悪くなかった。食事をしたり、音楽好きの彼に連れられてクラシックのコンサートに出かけたりするうちに、とんとん拍子に話は進んだ。

あれほど反対していた父も、そのうち折れてきた。竹彦の、輝かしい経歴からは想像もつかない物静かな佇《たたず》まいが気に入った様子だった。

挙式と披露宴は、都内のホテルで行われた。新郎側の出席者のほとんどが、竹彦の職場の人間だった。

竹彦の両親は、彼が大学院に入った年に離婚している。彼の父親は地方の大地主、典型的な素封家で、竹彦が経済的に困ったことがない上、大学院にまで進学できたのも、その父親のおかげ、という話だった。

だが、そのころ父親はすでに再婚していた。もう、新しい所帯を持っているのだから、今さら親子でもない、と竹彦は言い、ふたりの結婚は彼の父親に報告されなかった。

したがって、結婚式には竹彦の母親だけが出席した。多美の家族たちは、あれこれ口さがなく詮索していたが、多美は彼に何も訊《たず》ねなかった。そもそも、そういうことを気にかけているような余裕が多美にはなかった。

披露宴の会場の雛壇《ひなだん》に、ウェディングドレス姿のまま座っていた時、多美は父が言っていたことを初めて深く理解したのである。

新郎側の出席者たちは、社会的地位の高い、ひとかどの人物ばかりだった。竹彦が勤務する研究所の上司たち、竹彦が卒業した大学の関係者、学者など。全員が、これまで多美が知っていた世界とはまるで別の、雲上人のようで、あまりに眩しすぎた。多美は父がこの結婚に反対したのも、無理からぬことだったと気づいた。

家庭の経済的な事情もあって、多美は大学には行っていない。四つ年上の兄は子供のころから成績がよく、公立大学に合格できたからいいが、多美にはとても無理な話だった。

学歴の高い、頭のいい、優秀な人たちとは、どのように話せばいいのかもわからない。多美は昔から、自分には教養というものがない、と思っていた。ないならないで今さら仕方がないのだから、それにふさわしい生き方をしようと努力してきた。

音楽など、とんとわからず、音楽好きの竹彦に連れて行かれるクラシックコンサートも、眠くなるのをこらえるのに必死だった。竹彦が日々、研究し続けている仕事の内容も、たとえ説明されたとしたって、理解できるわけもなかった。ナントカ蛋白《たんぱく》受容体だとか、試験管内実験とか、多美にはそれが何の話なのか、見当もつかなかった。

かろうじて多美が彼と対等に話し続けられるのは、本の話だけだった。彼は理科系の人間にしては珍しく、文学好きで、主に日本の作家のものを好んで読んでいた。多美は、本というのは買うものではなく、図書館で借りるものだと思っていたから、婚約中、遊びに行った彼の部屋で、書棚いっぱいの本を目にした時、震えるような喜びを味わった。この本をいずれ自分も共有し、いつでも好きな時に好きなものを選んで読めるようになるのだ、と思って胸がおどった。

とはいえ、本が好きということだけで、竹彦と対等になれるわけもなかった。彼とはあまりに住む世界が違いすぎた。月とすっぽんで、まったく釣り合わず、もしかすると、この場にいる新郎側の人たちに、笑われているのかもしれない、とさえ思った。

新婚旅行は、多忙な竹彦の仕事の都合で遠方に行くことは叶わず、京都に二泊しただけで帰って来た。その後はすぐに、人並みな、ありふれた新婚生活が始まった。新居は目黒区にある、2LDKのマンションだった。

賃貸だったが、いずれは東京郊外の、研究所に近いところにもっと大きなマンションを買うつもりだから、今のところはこれで我慢してほしい、と竹彦は言った。

住むところなど、多美はどこでもよかった。もともと下町の路地裏にちまちまと並んでいる、しもたや風の家に生まれ、育てられた。兄には二階の、日当たりのいい部屋が勉強部屋として与えられたが、多美の勉強コーナーは一階奥の北向きの、小窓しかついていない、うすぐらい納戸だった。

納戸だったから、勉強机の横には湿った布団だの使わない電化製品だの、段ボール箱だのが堆《うずたか》く積まれていた。冬は寒く、夏は暑く、机のそばに教科書や本を並べるスペースもなかった。

結婚後、多美は長年勤めていた、浅草橋にある小さな卸問屋の事務職の仕事を辞めて、家庭に入った。念願だった主婦になれた、と思うと嬉しくて仕方なかった。

竹彦の収入はもったいないないほど多かったが、多美はほとんど贅沢《ぜいたく》はしなかったし、するつもりもなかった。

朝から晩まで、部屋の掃除をしたり、窓を磨いたり、洗濯したり、食事の下ごしらえをしたり、必要もないのにジャムを煮たり、キャベツの千切りを作ったり、何かしなければならないことを探しては、それを楽しむ毎日が続いた。

竹彦が、自分の出生について正直に多美に打ち明けたのは、結婚して半年ほどたったころである。

母親がかつて芸妓をしていたこと、父親が彼女をみそめ、妾《めかけ》にし、彼が生まれたこと、父は迷わず認知し、彼のことを正妻の子供同様、分け隔てなく可愛がってくれたこと、それでも小さな町ではたちまち噂が広まって、小学校時代はずいぶんいじめられたこと、成人してからは父の正妻があれこれと難癖をつけてくるようになったので、父とは距離をおくようにしていたが、少なくとも自分が大学院を出て就職先が決まるまで、妾である母親と自分に対する父のサポートは、変わらずに続けられたということ……そんな話を多美に向かって問わず語りに語りながら、竹彦はちびちびとウィスキーを飲み続けた。

ふだん、あまり酒を飲まない彼にしては珍しいことだった。静かな秋の夜で、開けておいたベランダに向かう窓の外では、コオロギが鳴いていた。

「知らなかった」と多美が言うと、彼は「うん」と言った。「なんとなく、話しづらかったものだから」

「話してくれてありがとう」

「これまで黙ってたんで、みんなに嘘をついてるような気がしてね。気になってたんだ。話せてよかった」

「なんだか」と多美は言った。「竹彦さんのこと、もっともっと深く知ることができたみたいな感じがする。嬉しい」

竹彦は小さくうなずいたが、何も言わなかった。そのくちびるに、さびしげな微笑が浮かんだ。もし、竹彦が妾の子だとわかっていたら、叔母は自分にこの縁談を強く勧めただろうか、と多美はその後、何度か考えた。しかし、どれだけ繰り返し、考えてみても、答えはひとつしかなかった。

叔母は、高学歴で研究職についていて収入の多い、現在の彼にしか関心をもたなかったに違いない、と。

通夜が始まっても、多美はぼんやりしていた。

隣にいる田鶴子は、そんな多美にしきりと話しかけてきた。ねえ、多美ちゃん、あの祭壇にしてよかったわね、恥ずかしくないもの、立派だわ、竹彦さんの遺影もあれにしてよかった、竹彦さんの一番いい表情がよく出てるもの、せめてもだったわね……。

多美の父は、多美が竹彦と結婚して十五年目の冬、自宅の風呂場で倒れた。脳出血で、搬送先の病院で死亡が確認された。

その後、母は田鶴子と仲良く姉妹で温泉旅行などしていたが、四年前の夏の終わり、なんだか食欲がない、と言い出した。夏バテだ、と本人は言い続けていたが、みるみるうちに痩せていき、無理やり連れていった病院で膵臓《すいぞう》にできた癌《がん》が見つかった時は、すでに手遅れになっていた。

遺族席の多美の隣には叔母夫妻が座り、その向こうには、福岡からやって来た兄夫婦がいた。多美が兄の顔を見たのは久しぶりだった。多美は兄が何という会社に勤めて、どんな仕事をしているのか、よく知らない。虚弱体質の嫂《あによめ》は、久しぶりに飛行機に乗って酔ったと言い、さっきまで控室で横になっていた。

住職が入室してきて、読経が始まった。何か途方もなくおかしな夢でもみているような心地で、多美は夫の遺影を見ていた。

よく知っている夫の顔だった。いつも見てきた顔。いつも見てきた表情。

少しさびしそうに微笑み、何かを諦めた人のようにゆっくり瞬きをする。穏やかなふるまいと物言いが、結婚生活二十二年の間、一度たりとも変わったことはなかったが、その実、本当は何を想い、何を見つめ、何を考えて生きていたのか、わからない男だった。急にいなくなってしまった彼は、その、ふいの消滅の仕方もふくめ、多美の中で謎めいた存在になっていた。

線香の煙がゆらゆらと立ちのぼり、読経が果てしなく続いた。田鶴子が隣の席で、時折、白いレースのついたハンカチを鼻にあてがっている。

やがて葬儀屋の指示があり、遺族から先に焼香が始まった。打ち合わせ通り、多美は最初にひとりで祭壇に向かった。馬鹿げた芝居を演じているだけのように感じられた。相変わらず実感が乏しかった。乏しいがゆえに感情の起伏から逃れられていて、なんだか、眠いのを我慢しているだけのような気もした。

多美に続いて叔母夫妻、兄夫妻、親類たちの焼香が行われ、次いで参列客の番になった。全員が黒い服を着ていて、焼香台に向かってこちらに背中を向けているため、顔がよくわからなかった。

夫の勤務する研究所に連絡し、夫が死んだことを伝え、葬儀屋が通夜と告別式の日程をファックスで流してくれたことまでは覚えているが、他のことは思い出せない。夫の訃報が、人々にどのように伝わったのか。ここに駆けつけた人たちの中に、自分たちの結婚式に出席した人はいるのか。竹彦と特別に親しくしていた人間はいるのか。

男、女、老いた人、若い人、中年。髪の毛の長い人、短い人、禿《は》げた人、白髪の人。……次々と喪服姿の人々がやって来て、遺族席に向かい、伏目がちに一礼する。そのたびに、遺族も黙礼を返す。規則正しい流れ作業のようにして、焼香が続けられていく。住職の読経は途切れない。

そんな中、多美は見覚えのある男の姿を見つけた。眺めるともなく眺めていただけなので、焼香台に向かう人々はどれも同じに見えたはずなのだが、その男だけは違った。

小柄でほっそりし、目立たない男だったが、彼は黒い無地のフェルト帽をかぶっていた。その帽子の形に見覚えがあった。

男は遺族席というよりも、多美だけに向かって静かに、控えめに一礼した。わずかの間だったが、目と目が合った。

自宅の最寄り駅から北に伸びている商店街のはずれで店を構えている、印刷屋の男だった。従業員が一人しかいない小さな印刷屋で、彼は経営者だった。

四年前、多美の母親が死んだ年の秋、喪中葉書の印刷を頼みに出向いた時のことが思い出された。

「村本《むらもと》印刷」と書かれた店の小さな看板の「村」の字に、カラスか何かが落としたと思われる大きな鳥の糞がこびりついてほとんど消えてしまっていた。店内にいた村本にそのことを教えてやると、彼は店の外に出てきて、看板を見上げ、可笑《おか》しそうに笑った。その時も似たような帽子をかぶっていた。帽子は彼のトレードマークであるらしかった。

「ありゃあ、立派なのを落としてくれたもんだなぁ。最近、カラスが増えましたよねえ。本印刷、って名じゃあ、いったい何を印刷する店なんだか、わかんないですよ。本専門の印刷屋みたいだ。あとで拭いときます。気づいてくださってありがとうございました」

その村本の顔を見たとたん、何かが自分の中で音をたてて弾けたのを感じた。胸にこみあげてくるものがあった。川が急激に決壊したかのようになった。多美は正面を向いたまま、小鼻をひくひくと震わせた。

うるんだ目に、村本が帽子を脱いで脇にはさみ、焼香し、深々と礼をする後ろ姿が映った。どうして、一介の印刷屋の男の姿を見ただけで、そんなふうになるのかわからないまま、多美は震えるくちびるをハンカチでおさえた。

「あそこは本当に丁寧な仕事をしてくれるね」

竹彦はかつて何度か、そう言って村本印刷のことをほめていた。

十四年前、東京郊外にある研究所の近くに、竹彦が新築マンションを購入。それまで住んでいたマンションを引き払い、引っ越した直後、引っ越し通知の書状を印刷するのを頼みに行ったのが村本印刷だった。

商店街のはずれにある印刷屋は、あまりぱっとしない、昔ながらの木造の二階家で、一階部分が印刷機具を置いた作業場と受付、二階が住居になっていた。簡単に印刷を請け負ってくれるところなど、どこにでもあったろうが、何か感傷を呼びさますような、懐かしい佇まいの村本印刷の店舗に、多美は好感を抱いた。

仕事ぶりは誠実、正確無比だった。使用する紙やインクについても、何通りものサンプルを見せてくれた。料金も気前よくサービスしてくれた。

以後、夫妻は村本印刷に、毎年、年賀状の印刷を頼むようになった。次々と身内が死んでいった数年間でもあったが、そのつど、喪中葉書の印刷も村本印刷に注文した。竹彦が自分の名刺の印刷を頼んだこともあった。

そのため、多美は村本とすっかり顔なじみになっていた。買い物の途中、商店街でばったり会って、立ち話をしたことも何度かあった。いつ会っても気さくで明るく、多美が生まれ育った東京の下町によくいた人間を思わせた。

年齢は多美と同じくらいだったが、確かなことはわからなかった。店舗に妻らしき人が出入りしているのは見たことがなく、家族の話も聞いたことがない。店にいる従業員は、村本よりも年上の初老の男だったが、彼と縁戚関係にある、という感じもしなかった。

葬儀と、その後の香典返しの手続きなどをひと通り終えた後、多美は葬儀屋から渡された葬儀記録を見るともなくめくっていて、そこに村本の名を見つけた。

村本和巳《かずみ》。香典額は五千円。住所と電話番号は村本印刷のものと同じだった。

ああ、今年もまた、この人に喪中葉書の印刷を頼みに行くことになった、と多美は思った。やらなければならないことがずいぶん残されているとわかっていて、それが何なのか、考えるのも億劫な日が始まった。

時間だけが所在なく流れていった。ぼんやり窓の外を見ているうちに、いつのまにか日が暮れていた。洗面所に立ち、夫が使っていた歯ブラシを捨てるかどうか、迷いながら泣き続けた。眠れない日もあれば、気が変になったかのように眠って眠りこけて、目覚めた時にその日が何日の何曜日なのか、わからなくなっていることもあった。

訪ねて来てくれる人がいる間は、まだしも緊張感からしっかりしていられたが、人々の足が遠のいていくにしたがって、自分だけが世界から取り残されたような感覚に陥った。

夫は私のことをどう思っていたのか。本当に好きで結婚したのか。三十五になって、独身生活を続けるのが面倒になり、気の張らない、家の中に一緒にいても疲れない女を探そうとして、ひょんなことから知り合った女と結婚しただけではないのか。

そんなふうに考えることもあれば、また、別の時には、夫から少し聞きかじったことのある、彼の大昔の恋愛話を甦《よみがえ》らせ、死んだ男に嫉妬しても詮ないことと知りつつ、収拾のつかない感情の渦に巻きこまれたりもした。

竹彦は大学時代に出会った一つ年下の女子大生と恋におち、大学院を出るまで交際を続けた。真剣に結婚を考え始めた矢先、その女性が悪性の血液の病気にかかった。彼女は入退院を繰り返していたが、治療の効果が芳《かんば》しくないまま時が流れ、悲観した彼女は発作的に山に入り、木の枝に紐をかけて縊《くび》れた、という話だった。

「あなたという恋人がいたのに」とその時、多美は言った。愉快な話ではなかったので、むしろ饒舌《じょうぜつ》になった。「あなたが結婚を考えていたのなら、その人もあなたと結婚するつもりでいたのよね。それなのに、死を選ぶなんて。病気が治らない限り、結婚できない、って思いこんだのね、きっと。その気持ち、よくわかるわ。気の毒ね。あなたもショックだったでしょうね」

それには応えず、竹彦はややあって、ぽつんとつぶやいた。「それ以来、何かが止まってしまったみたいな感じがしてね」

多美が黙っていると、彼は慌ててつけ加えた。「……いや、別に深い意味はないんだけど」

次の彼の言葉を待ったのだが、彼は何も言わなかった。そして、その話を二度と多美の前で持ち出すことはなかった。多美もその話題は口にしなかった。金輪際、口にしてはならないことのように感じた。

時折、夢をみた。竹彦の昔の恋人が出てくる夢だった。顔も知らない、名前も知らない女だというのに、夢の中では笑ったり、しゃべったり、顔をゆがめて泣いたりしていた。

夢をみている間は、どんな顔をして、どんな声でしゃべる女なのか、はっきり認識できているというのに、いったん目をさますと、すべてがおぼろになった。声も顔も姿かたちも、何もかもが消えてしまって、はっきりしているのは、夢にかつての夫の死んだ恋人が現れた、という事実だけになった。

十二月に入ってまもなく、多美は商店街にある和菓子店で、手頃な値段の一口羊羹《ようかん》のセットを買い、箱に詰めてもらってから、村本印刷を訪ねた。商店街のはずれまで行くのは、夫が死んでから初めてだった。

「先日は、わざわざ主人の通夜に参列してくださって、どうもありがとうございました。お顔をみかけた時、本当にびっくりしました」

村本は、慌てたようにかぶっていた帽子を脱ぎ、ぺこりとお辞儀をした。「あの日は、たまたまだったんです。印刷したチラシを届けに行く途中、斎場の前を通りかかって、ご主人のお名前を見かけて。それで急いで帰って、着替えて、駆けつけました」

「本当にありがとうございました。お忙しい時に、煩《わずら》わせてしまって……」

「いえいえ、とんでもない。斎場まではここからすぐですし、何がなんでも、お通夜には、と思いまして。それにしても……急なことでしたね」

「ええ。突然、心臓が止まったみたいです。電車に乗ってる時に。誰にも気づかれなくて、運ばれた時はもう……」

村本はわずかに眉をひそめたが、それだけだった。

多美は気を取り直して大きく息を吸い、微笑を作って羊羹の箱を差し出した。「これ、そのへんで買ってきただけのものですけど、食べやすい一口羊羹です。お仕事の合間に召し上がってください」

村本は、いやいや、と目の前で手を振った。「そんな……」

どうしても受け取ろうとしないので、宙に浮いた形になった羊羹の箱を多美は、受付台の端にすべらせた。

「早速ですけど、今日は、喪中葉書の印刷をお願いに来たんです。ほら、もう、そういう時期でしょう？　すっかり遅れて、年も押し迫ってきちゃいましたけど、まだ間に合いますよね？」

「え？　あ、はい。もちろん」

「文面も作ってきました。定型文、っていうんですか？　それをちょっとアレンジして。これでいいかしら」

多美がバッグの中から、自宅のパソコンでプリントアウトした紙を取り出し、彼に手渡すと、彼はそれに目を走らせ、「はい」と言った。「問題ないです」

「じゃあ、それで、ということで。ええっと、枚数はそこに書いてあります。葉書に使う紙は、前と一緒でかまいませんから」

「前、って……？」

「両親の時も、義母の時も、同じものを使ったと思うんだけど」

「ああ、そうでしたね。和紙の無地でした」

「ええ」

「花の模様とか、いりませんか」

「どんな？」

村本は、奥から喪中葉書のデザイン見本を持って来た。ファイルされたそれらを見ながら、多美は「なんだか」と言った。「喪中葉書に見えないものもあるんですね。華やかで」

「最近はね、高齢で亡くなった方の家族は、たいてい、華やかなものにしたがるんです。長生きして、天寿を全《まっと》うしてめでたい、っていう感覚なんだな。たとえばそれ……」

村本が指さしたのは、淡いピンク色の小菊の花がいちめんに描かれているものだった。

「可愛すぎません？　バースデーカードみたい」

「まあねえ。このはしっこに、猫だの子熊だの、ローソクたてたケーキだのの絵をつけたら、完全にバースデーカードだ」

多美は笑った。笑ったのは久しぶりだったたし、それは演技ではなかった。

「こっちのデザインはどうですか」

「ああ、これ？　これ、きれいね。この花、かすみ草？」

「そう。ご主人に似合う気がするな」

「あら、どうして？」

「いや、なんとなく。男はけっこう、こういうシンプルで淡いデザイン、好きなもんですよ。僕の喪中葉書もこれにしたい、っていつも思ってるし」

「へえ、まだお若いのに、そんなこと考えるんだ」

「若くないですよ。五十二だもの。まあ、いずれ必ず、誰かが僕の喪中葉書を出す時がくるんだから、決めといたほうが迷惑かかんないでしょ」

「確かにね。私も自分の時のためにデザイン、今から決めとこうかな」

「ぜひ、その時はうちで」

多美は彼と顔を見合わせて、またにっこり笑った。

結局、喪中葉書には、彼が勧めてきたかすみ草の絵のついたデザインを使うことが決まった。限りなく白に近い、淡い紫色のかすみ草だった。小花が、濃淡のグラデーションのようになって描かれていて、美しかった。

五日以内に仕上げるので、仕上がったら電話でお知らせします、と村本は言った。携帯がいいか、家の電話がいいか、と聞かれ、多美は、どちらでも、と言った。

その後、少しだけ軽い世間話をし、多美が店をあとにするまで、彼は死んだ竹彦については何も聞いてこなかった。

多美にはそれがありがたかった。くどくどと、悔やみの言葉を述べられ、気の毒がられていたら、せっかく渾身の努力をして平静にふるまおうとする気持ちが萎えて、またしても同じ場所をぐるぐると回ってしまいそうだった。

暮れの準備も新年の準備も、何もする気がなかった。ひとりで迎える新年のことを思うと、ことさら気が滅入った。

夫の不在が身にしみた。身にしみるあまり、多美は夫のことが知りたくてたまらなくなった。彼は本当のところ、いったい誰を愛していたのか。生涯かけて愛したのは、木の枝で縊れたという、あの女だけだったのか。

遺品整理をする気にもなれなかったのは、まだ夫の死を認めたくない、という気持ちが強かったせいだが、それだけではなかった。夫が遺したものの中に、必ず、その女の写真、あるいはその女から受け取った手紙類などが入っているに違いない、と思ったからだった。

自殺した女が遺したものを後生大事に、結婚後も持ち歩くなど、ふつうは考えられない。しかも、女が死んでから、すでに、三十年以上たっている。仮に夫が女の形見のようなものを捨てずにいるのだとしても、自宅のどこかに妻の目にふれないよう置いたとは限らなかった。そういうものは、大人なら、ふつう、自分の勤め先の机の抽斗《ひきだし》、ロッカーなどに、他のがらくたと一緒にして隠しておくものだ。

竹彦が勤めていた研究所からは、所内に竹彦の遺品がいくつかあるので、都合のいい時に整理に来てほしい、と言われていた。言い訳をしながら先送りにしてきたのも、多美がそれらを目の当たりにするのを恐れていたからだった。

竹彦の遺した書棚の中から、多美が北原白秋の詩集を手にとり、ページをめくったのは、ちょうど村本印刷に喪中葉書を頼みに行った、翌日の晩である。

書棚に白秋の詩集があることは知っていたが、手にとったことはなかった。その時、これといった理由もなく、中を開いてみたのは、たまたま書棚の最下段の中央付近に並べられていた詩集が、どうした加減か、前にはみ出していて、歩いていて足を引っかけそうになったせいだった。

写真もイラストも何もついていない。詩が並べられ、巻末に解説が書いてあるだけの、素っ気ない、薄手の小冊子を思わせる詩集だった。

ページをぱらぱらとめくっていた時だった。多美の目に、『白い月』と題された詩が飛びこんできた。中の数行には、おそらく2B鉛筆を使ったのだろう、手加減しながらも、しっかりとした太い線が引かれていた。

空いろのあをいそらに、
白い月が出た、ソフイー、
生きのこつた心中の
ちやうど、片われででもあるやうに。

美しい詩だった。美しいが故に、多美は放心した。全身から力が抜けていった。一秒の何分の一かの短い間に、多美の中にはひとつの物語ができあがっていた。
夫が交際していた女が自殺した、というのは嘘で、本当は夫と彼女が心中をはかり、夫だけが生き残ったのではないか。そうだ。そうだったのだ。どうして今まで、そのことに気づかなかったのだろう。
竹彦が、心中で生き残った片われだった、と考えると、すべての辻褄《つじつま》が合うような気がした。遅い結婚、彼のさびしげな様子、いつもどこか遠くを見ていたようなまなざし、妻と距離をおき、決して深くかかわろうとしなかった暮らしぶり、真に自分のことを語ろうとしなかったことなど、何もかも合点がいった。

多美は猛烈な嫉妬に襲われた。呼吸が苦しくなった。こういう時には泣いたほうがいい、と思い、泣こうとしたのだが、嗚咽がこみ上げ、呼吸が荒くなるだけで、涙は出なかった。

嫉妬の次にやってきたのは、強い怒りだった。怒りの矛先がどこに向いているのかもわからなかった。ただ、ただ、烈《はげ》しい怒りにかられて、多美は手にしていた白秋の詩集を壁にたたきつけ、次いで書棚の中の本を手あたり次第、床にばらまいた。

涙のない嗚咽の中で、多美は自分自身の声を聞いたように思った。ばかね、そうだったとしても、大昔の話じゃないの。それに当の本人たちは死んでるのよ。いったい、どうしようっていうのよ。

そう思ったとたん、何もかもどうすることもできない、もうすべて、遅いのだ、遅すぎるのだ、と感じた。多美は床に突っ伏して、手足をばたつかせながら泣き声をあげた。

それから三日が過ぎた。

多美は駅前のカフェで、叔母の田鶴子と待ち合わせた。多美の様子を案じて、電話をかけてきた田鶴子が、そっちに行くから一緒におひるでも食べよう、と言ってきたのを断り、外で会うことにしたのも、昼日中から家にいたくない、外に出たい、という気持ちが強いからだった。

朝から雲ひとつない快晴の、冬空が拡がる日だった。軽食も用意されている明るいカフェで、十一時半に田鶴子と待ち合わせ、ふたり差し向かいでカフェオレを飲み、店の人気メニューであるドライカレーを食べた。

田鶴子はこの後、都心に出て、生け花の師匠の発表会に顔を出すのだと言う。いつもにまして、高価そうな着物に身を包んだ田鶴子は、ぱくぱくとドライカレーを食べ、カフェオレを飲み、いい？　多美ちゃん、つらいのは一年よ、と言った。「たった一年我慢すればいいの。来年の秋ころには、絶対に元気になってるから。あたしの言うこと、信じて。あたしのまわりの人たち、みんなそうだったもの。この人まで死んじゃうんじゃないか、ってくらい嘆き悲しんでた人も、一年たつと、ああら不思議、不死鳥みたいに甦って、元気になって、しかもね、多美ちゃん、みんな、きれいになるのよ。女って不思議ねえ。ほんと、びっくりするくらい、若返っちゃうんだから。こういうのって、いったい何なのかしらねえ」

「そういうもんかしら」と多美は言った。「私には無理かもしれないけど」

「何言ってるの。多美ちゃんだって、絶対そうなるわよ。賭けてもいいわ。あたし、しょっちゅう、会いに来るからね。一緒にお芝居観に行ったり、お鮨《すし》食べに行ったりもしましょうよ。うちにも遊びにいらっしゃい。遠慮なんかいらないのよ。いい？」

この人は、と多美は思った。あと百年生きて、百年分の人生を楽しめるに違いない、と。

あまり時間がないから、と席を立った田鶴子の後に続き、多美がレジの前に立とうとすると、田鶴子は「いいのいいの」と言った。「ここはあたしが」

黒いカシミヤの和装用のショートコートを腕にかけた田鶴子が、老眼鏡をかけて財布を覗いているのを、少し離れて見るともなく見ていた時だった。多美のバッグの中で、携帯電話が震え出した。ディスプレイにあったのは、見知らぬ電話番号だった。

もどうぞ」

「村本印刷ですが」と言われ、多美は緊張をといた。「ご注文の印刷、仕上がってます。いつで

「早かったんですね。もう少しかかるかと思ってました」

「少しでも早いほうが、と思って頑張りました。ご都合のいい時にいつでも」

「今、近くまで来てるんです」と多美は言った。「今から取りに行きますけど、いいですか」

村本は陽気な声で、「どうぞどうぞ。お待ちしてます」と言った。

駅前で田鶴子と別れ、多美はその足で商店街を歩いた。どの店の、どのショーウィンドウにも、冬の光が弾け、冬の青空が映し出されていた。あまり寒くはなかった。陽差しが温かく、優しかった。

村本は多美の姿を見つけると、「よかったら、こちらに」と言い、店の中の、小さな応接セットに案内した。印刷の打ち合わせなどに使う場所のようだった。いつもいる初老の従業員は、風邪をひいたとかで休んでいた。

村本が持ってきた喪中葉書の束は、丁寧に四角い箱の中に収められていた。蓋の部分に銀色の模様が浮き上がっている、上質の箱だった。

「わあ、素敵。きれいですね。やっぱりこれにしてよかった。無地の喪中葉書よりも、ずっといいわ」

「住所とか名前とか、念のため確認してくださいね。間違うはずはないですが」

「大丈夫。ばっちりです」

「これから宛て名書き、というか、宛て名印刷ですか」

「ええ。ちょっと急がないと。それに私、パソコンの宛て名印刷の仕方がわからないから、手書きにしなくちゃいけなくて」

「大変だな。もし、手書きに疲れたら、いつでも呼び出してください。パソコン使って、あっと言う間に宛て名印刷、やりますから」

ありがとう、と多美は言った。

店の中には、すりガラスの窓を通して射し込んでくる十二月の光が満ちていた。温かく、少し淀んだ、眠たくなるような光だった。

「こういうのもご縁ですね。私、このお店で、いったい何人の喪中葉書を印刷してもらったかしら。うちの両親、義理の母、そして主人……四人にもなるんだわ」

「ふつうに言ったら、あんまり気持ちのいいご縁ではないですけど」と村本は言った。「でも、うちがお役に立てたのならよかったです」

「こんな、お客さん、他にもいました？」

「こんな、って？」

「短い間に四人分の喪中葉書を印刷したお客さん」

「どうだったかな。いろんな方がいますからね。あんまりよく覚えてないけど。でも、僕はここで、自分のために喪中葉書を印刷したことがありますよ」

「自分のため？」

村本は多美から目をそらした。短く笑った。「自分が死んだっていう喪中葉書を印刷したんじゃないですよ。まさかね、そんなこと。いや、実はね、僕は女房と子供をね、いっぺんに亡くしたもんだから」

多美は黙っていた。村本はくちびるを大きく横にのばし、微笑した。「交通事故で。親父のあとを継いで、ここに来る気になったのも、そのせいなんですよ。それまでは、印刷屋なんか全然、やる気がなくて。冗談じゃない、って思ってましたから。高田馬場のウサギ小屋みたいなマンションに女房と娘と三人で住んでてね、僕はしがないサラリーマンだったんだけど、それで満足してましたしね。親父とはいつも喧嘩でしたね。この店を継ぐ継がない、でね」

「……事故、だったの？」

「そう。交差点を右折しようとした車に、信号無視のでかいタンクローリーが派手にぶつかって、乗用車がはね飛ばされて、運悪く横断歩道を渡ってた女房と娘を直撃したんです。女房は即死。娘のほうは、まだ息があったんですが、三日ともたなかった」

多美がそっとうなずくと、村本は「もうずいぶん前のことですよ」と言った。「僕がまだ三十ちょっと過ぎだったころの話だから。でもまあ、女房子供が死んで、その喪中葉書を自分の店で印刷する、なんていう、シャレになんない経験をすると、人間、けっこう、太くなれるもんでね。ぐらつきがなくなる、っていうんですかね。今じゃ、ごらんの通り、極楽とんぼみたいに生きられるようになって、まあ、人間ってのは、自分のいい加減さに救われることも多いですからね。こんなもんかな、って思って助かってますけどね」

「お嬢さん、お幾《いく》つだったんですか」

「五つ。生きてたら、今頃、僕に似て、憎たらしい小娘になってただろうと思いますよ」

多美が何か言おうとして口を開きかけた時、店の電話が鳴り出した。村本は「ちょっとすみません」と言って、電話に出た。顧客とのやりとりがしばらく続いた。店内に置かれている旧型のストーブの上では、アルミ製のやかんがやわらかな湯気をあげていた。

電話を終えて席に戻った村本は、「申し訳ないです、時間とらせちゃって」と言った。「ええっと、早速ですが、これが今回の料金になります。後で銀行振込にしていただいてもかまいませんけど」

「いえ、ここで」と多美は言った。バッグから財布を取り出し、料金を支払った。

釣り銭と領収証を取りに奥に向かった村本は、がさがさという音をたてて、ポリ袋を持ってきた。中には丸々と大きなみかんが数個、入っていた。

「これ、昨日、愛媛のほうに住んでる知り合いが送ってくれたんです。召し上がってください。けっこう甘くてイケます」

多美は礼を言って、みかんの入ったポリ袋を受け取り、微笑んだ。「村本さん、もしかして甘党?」

「そうですね。酒は嫌いじゃないけど、あんまりやらないです。隠れ甘党。だから、いただいた羊羹も、ぺろり、でした」

「よかった。甘いものが嫌いだったら、失礼だったかな、って後で思って」

「うまかったです」

喪中葉書の束が入った箱を、村本は手提げのついた紙袋に入れてくれた。大きめの袋だったので、みかんを詰めたポリ袋も併せて入れることができた。

「重たくないですか」

「大丈夫。平気です。いろいろ、ありがとう。みかん、ごちそうさま」

「また何かあったら、いつでも。宛て名印刷、本当にご遠慮なく言ってください」

「頑張ってみますけど、どうしてもくたびれたら、お願いするかもしれません。その時はよろしく」

多美は脱ぎおいていた紺色のパーカに袖を通した。ふだん、買い物などの時に着ている、安物だが、着心地のいいパーカだった。

寒くないよう、前のファスナーを閉じ、ゆっくりと踵《きびす》を返し、店の出入り口に向かおうとした時だった。

村本が背後から声をかけてきた。「……いいご主人でしたね」

多美は振り返った。「え？」

「いつだったかな。うちに名刺を作りにみえた時、ちょっとだけ立ち話しました。今は忙しいけど、年をとったら、夫婦でヨーロッパの田舎町をまわりたい、って。なんにもしないで、夫婦でそんなふうに楽しみたいんだ、って。そんなことをおっしゃってましたよ」

多美は目を瞬かせた。鼻の奥が少し熱くなった。「そうでしたか」

「すみません。余計なことを」

「いえ、全然」

店の電話ではなく、どこかで村本の携帯電話が鳴り出した。賑やかな、多美が聞いたこともない着信メロディが店内に響いた。

村本に会釈をし、多美は店を出た。まだ充分、日は高かった。空は変わらず青かった。とりとめもなくいろいろなことを考えながら歩いているうちに、いつのまにか多美は公園に来ていた。商店街から歩いて七、八分ほどのところにある、小さな公園だった。遊具は何もなく、冬枯れた木々と遊歩道、それに沿って並べられた、古びて錆《さび》の浮いたベンチがいくつかあるだけで、そんな公園があることは知っていたが、多美が中に入ったのは初めてだった。

幼い子供を連れて、熱心に立ち話をしている、買い物帰りらしき母親がふたり。掌に載せてしまえそうなほど小さなチワワを抱きながら、散歩をしている初老の男がひとり。それ以外、公園に人影はなかった。

チワワを抱いている男は、少し足が悪いようだった。片方の足を引きずるようにしてゆっくり歩いている。チワワはまるで、人間の赤ん坊のように男の胸にしがみついている。

木立の向こうで、ヒヨドリが甲高く鳴きながら飛び去った。

多美はベンチに腰をおろした。紙袋から喪中葉書が入っている箱を取り出した。銀色の蓋のついた箱は、ミニチュアサイズの骨箱を思わせた。蓋を開けると、中に死んだ竹彦の骨が入っているかのようだった。

喪中葉書を眺め、淡い紫色のかすみ草の絵と、どこか悲しみがこめられているような書体の活字を追い、再び、箱に戻した。

さっきまで立ち話していた女たちは、いなくなっていた。チワワを抱いた初老の男は、公園の出口のあたりまで辿り着いていた。

多美は大きく息を吸った。少し首が凝っている。首をまわし、肩をまわした。こりこりという音がした。

午後の空に白い、うすい半月が出ていることに気づいた。色がうすくて、水色に溶け入りそうになっている月だった。多美は思わず首の動きをとめ、その白い半月に見入った。

生き残った心中の片割れのようには見えない。どう見ても見えない。多美は自分が詩人でなくてよかった、と思った。それはただ、天空に浮かぶ、美しい、儚《はかな》い昼の月に過ぎなかった。

紙袋の中からみかんをひとつ取り出した。ゆっくりと皮をむき、半分に割って、じっとそれを見つめた。片割れになったそれに、思いきりよくむしゃぶりつくと、甘い果汁がたらたらとくちびるから滴《したた》り落ちた。

かすかな情欲のようなものが多美の中に巻き起こった。忘れていた感覚、二度と味わうことはない、と思っていた感覚だった。

生きている、と多美は思った。これからも生きるだろう、と思った。

微笑み

いつの世にも、疫病が流行《はや》ります。太古の昔から、現在に至るまで。わからないことだらけの流行り病に、予防も治療もままならなくなり、毎回、夥《おびただ》しい数の生命が失われていきます。

つい最近の疫病も同様で、それは思いの外、長く続き、未だとどまる気配がありません。医学が発達しているかどうか、最先端の予防策が講じられているかどうかということは、どうやら関係がなさそうです。

今も昔も、わからないことはわからないのです。人生がわからないのと同様、自然界は人智など遥かに及ばないことだらけなのです。

主に呼吸器が冒されて死に至る、というので、人々はマスクで鼻と口を被《おお》いながら、生活をしなくてはならなくなりました。

この疫病の病原体はヒトによって四方八方に運ばれ、空気中にばらまかれ、保有者の手やくちびるや肌からも容易に感染する、と言われています。だから誰もが、昔の赤ん坊のおしめみたいに大きなマスクで顔やら顎やらを被い、目だけを出しながら生きるほかはなくなりました。消毒液は飛ぶように売れ、人が集まる場所には数メートル間隔で、プッシュ式のアルコールボトルが並べられています。

いいも悪いもない。思想も何も無関係です。しゃべるたびに、ぺこぺこと口や鼻に張りついて不快きわまりなくても、時に頭痛が引き起こされ、酸素が足りなくなるせいなのか、意識が朦朧《もうろう》としてきても、人々は痛々しいほどの我慢に我慢を重ねながら、マスクをつけた生活をし続けています。

気軽に誘い合って食事をし、宴を開き、手を握り合ったり抱き合ったり、くちづけを交わし合ったり、癒《いや》し合ったりも許されません。まして、よく知らない相手と勢いあまって肌を重ね合わせるなど、もってのほかです。

会いたい相手に自由に会えず、会ってもマスク越しに、互いに遠巻きになりながら注意深く会話を交わすのがせいぜいで、気持ちが昂《たか》ぶるあまり、ふとその身体に触れたくなったとしても、伸ばしかけた手を途中でひっこめなくてはならないのです。老若男女を問わず、性的な疼《うず》きを口にしてみることとすら憚《はばか》られるようになりました。

そんな日々がもう何年にもわたって続いています。

おしめみたいな、紙だか布だかわからないものを顔から勢いよく剝《は》ぎ取って、生きていることを寿《ことほ》ぎ、欲望を封じこめることなくふるまえる人はなかなかいません。いたとしても、ごく少数。おしめを外したら生命の保証はない、と呪文のように囁《ささや》かれ続けてきたからです。そもそも、地球上を席巻している、疫病関連の禁止令を無視するようなまねをしたら、ツマハジキにされてしまう。それが怖いのです。

旧《ふる》くは天然痘やペスト、赤痢、コレラがありました。一世紀ほど前にも、今の疫病と似たような感染症が世界中で流行したのだそうです。四千万人以上もの死者が出た、と聞いています。たかだか百年くらい前のことに過ぎないというのに、そのことを詳しく知っている人は少ないような気がします。疫病は、いったん収束するやいなや、たちまち過去のものになってしまうのでしょうか。戦争や原爆のように、歴史的に大きな爪痕《つめあと》を残し、語り継がれていくものではなかった、ということなのでしょうか。

精神的に被った被害も併せれば、戦争や原爆と同じか、もしかするとそれ以上のものかもしれない、というのに。

とはいえ、今さら私などがこんなことをぼやいてみても、詮ないことです。結局のところ、なにごとも喉元過ぎれば、なのかもしれません。

人は精神的な苦痛はいつまでも覚えていて忘れませんが、肉体的な苦痛はたやすく忘れてしまいがちです。世界が終わったってかまやしない、いっそ、そうなってほしい、と思えるほどの激しい歯痛とて、いったん治れば、七転八倒した痛みの記憶は急速に遠ざかります。少なくとも過去の小さな体験に過ぎなくなります。おそろしい疫病も、それに似ているのかもしれない。

それにしても、と私は考えるのです。

私たち人間は同じところを行きつ戻りつ、しているだけなのではないか、と。まなじり決して、もくもくと前に進んでいたつもりが、気がつけば飽きずに同じところをぐるぐるまわっていたに過ぎないのではないか、と。つまり、この世の時間は、決して直線になって伸びているわけではなく、目に見えないほど細かい螺旋《らせん》を描きながら、俯瞰《ふかん》すれば全体が大きな円を成していて、そう、それはちょうど、水平線だけを眺めれば地球は丸い、ということがわからずにいることと同じなのかもしれない、と。

でも、そうだとしても、悪いことだけではない、いいこともあるような気がします。何かが始まれば必ず終わり、終わればまた、必ず始まる、ということです。終わりっぱなしではなく、同時にまた、始まったことが永遠に続くわけでもない。私たちの人生は、ぐるぐる、ぐるぐる、巨大な輪になって旋回し続けているに違いありません。

幻覚に近いものだろうとは思いますが、私は時々、その、とてつもなく大きな、かたちのないものが回り続けている、かすかな音を聞き取ったように感じることがあります。

それは、野山を吹き抜けていく風の音にも似ています。言葉にすれば、ごうごう、という、地を走り抜けていくような低い音に似ている。

じっと耳を傾けていると、思いがけず、しつこくこびりついて離れなかった、得体のしれぬ怯《おび》えや不安がうすれていきます。この音に身を委ねていれば、あらゆる問題はそのうちきっと解決し、平穏な幸せに充たされるに違いない、などと、都合のいい方向に考えられるようになる。そして、束の間ではありますが、霧が晴れていく時のような気持ちを味わえるのです。

私が四十歳だったころのことです。ほんの一年ほどの短い間でしたが、年下の男と交際していた時期がありました。

年下といっても、三つ四つ下なのではなく、彼は当時、まだ大学生。はたちになったばかりでしたから、年の差は親子ほど離れていました。

一緒に入った喫茶店やレストランで、母親か、さもなかったら、おば、年かさの上司、などと思われているのだろう、と感じたことは数知れません。二人で出かけた旅先の旅館で、面と向かって「お母様」と呼ばれたことさえあります。

そう呼んできたのは、私たちが泊まった部屋に布団を敷きに来た、中年の、ころころと太った色白の仲居でした。

重たげな敷布団を二組、押し入れからおろしつつ、はずんだ息の中で彼女はちらと私のほうを窺《うかが》うようにしながら「こちらのお母様が羨《うらや》ましいですよ」と言いました。「うちにも息子が一人いますが、こないだね、その子が珍しく、商店会の福引で温泉旅行、二人で一泊二日、一等賞を当ててきましたんです。よかったねえ、じゃあ、お母さんと一緒に行こうよ、連れてってよ、って申しましたらね、お客さん、腹が立つじゃないですか。化け物でも見るような目つきで睨《にら》んできて。誰が育ててきてやったんだ、てなもんですよ。親子旅行だなんて、もしもうちの息子がしてくれたら、真夏に雪が降って、真冬にセミが鳴きますよ。いや、ほんとですよ」

仲居は自分が口にした冗談に、さも可笑《おか》しそうに笑い声をあげながら、座敷に布団を敷き始めました。その宿では、夕食の膳を並べる前に、仲居が布団を敷き終える、というしきたりがあるようでした。

もちろん、母親と間違われて気分がいいはずがありません。ですが、私はその前の年に、前夫との離婚がやっと成立したばかり。それまで抱えていた厄介《やっかい》ごとのせいで、心身ともぼろぼろに疲れ果てておりました。五つ六つ、老けて見られたところで、ふしぎではなかったと思います。

いっぽう、彼のほうはと言えば、幼いころから持病をいくつも抱えもっていたせいでしょう、背丈こそ人並みにありましたが、瘦《や》せていて筋肉のない、お尻も角張っている、未熟な体型をしておりました。そのうえ、眼には多感な少年によくある、熱狂と頽廃《たいはい》を足して二で割ったような複雑な光が宿っていましたから、実年齢より下に見えてもおかしくありませんでした。

そんな私たちが親子だと思われても致し方ないことだったのですが、ふと見ると、彼の顔に怒りが蜘蛛《くも》の巣のようになって拡がっていくのがわかりました。耳朶《みみたぶ》が急激に赤らみ、小鼻がひくひくと震えて、今にも仲居に食ってかからんばかりの形相です。

この人は母親なんかじゃない、恋人なんだ、失礼なこと言うな、などと言い出したら面倒なことになります。彼には、その種のことを言わずにいられないところがありました。

私は慌てて、仲居に気づかれぬよう彼に目くばせし、身振り手振りで、落ち着くようにと諭しました。彼は荒々しく息を吸うなり、私から眼を背け、ぷいと部屋から出て行きました。

「おやまあ」仲居が面白そうに彼を見送り、敷布団にシーツをかぶせながら、微笑ましそうな視線を私に向けました。「やっぱりお母様の前では照れてしまうんでございましょうねえ。お優しい坊っちゃんの前で余計なことを申しました。大変失礼いたしました」

どこに行ったのか、彼はなかなか部屋に戻って来ませんでした。夕食の膳が整えられてもいっこうに戻らないので、心配になり、探しに行こうとした時です。私が部屋のドアを開けるのとほとんど同時に、外の廊下側からドアレバーに手をかけた彼と、鉢合わせでぶつかりそうになりました。

彼は彼らしくもない力強さで私を室内に押し戻し、後ろ手にドアを閉め、鍵をかけると、座敷の戸口のところで、私を乱暴に壁に押しつけてきました。私を抱いている彼の喉がひぃひぃと低く鳴りました。

「やだ、泣いてるの？」

彼は黙ったまま、私の首のあたりに顔をうずめ、首を横に振りました。

「どこに行ってたのよ。食事が冷めちゃうじゃないの」

何も応えようとせず、私を抱きしめ、うなじに熱い頬を押しつけてくるだけの彼の骨ばった背中を、私はぽんぽんとあやすように軽く叩きました。「あんなことくらいで、そんなにいきり立ったりしないで。大したことないじゃない」

やおら私から顔をあげると、彼は濡れた眼で私を見つめました。「シナは僕の恋人なんだよ」

私はうなずきました。「それが事実なんだから、人からどう見られたって、かまやしないでしょう」

「そんなことはない。許せることと、そうじゃないことがある」

「世の中には仕方のないことだってあるのよ。仕方のないことだらけ。いちいち反応してたらキリがない」

「シナが僕の母親に見られても、仕方がない、って？　冗談じゃないよ」

「あなた、人の感覚まで修正しようとするつもり？」

彼は眼を瞬かせながら、ひと呼吸おきました。燃え盛る苛立《いらだ》ちを懸命になって抑えようとしている様子でした。

やがて彼のくちびるに、静かな微笑が浮かびました。私の大好きな……おそらく、私が彼を好きになる大きなきっかけのひとつを作った微笑です。やわらかな、ふっくらとした桃色のくちびるがすうっと横に伸び、並びの美しい歯を覗《のぞ》かせながら、それはそれはきれいな、優しいカーブを描くのです。

神仏によくある、穏やかなアルカイックスマイル、というのとは少し違う。私にとってはもっと温かな、こちらを無条件に包みこんでくるような、しかし、その奥にかすかな諦《あきら》めと切なさのようなものが見え隠れしている、ふしぎな微笑でした。

そんな微笑みを浮かべたまま、彼は訊《たず》ねました。「僕のこと、好きだよね？」

「好きよ。決まってるじゃない」

「……愛してる？」

私はうなずきました。彼はよく「愛してる」という言葉を使いました。言われるたびになぜか子供っぽいと感じて、なかなか応えられずにいましたが、どういうわけか、熱を帯びた彼の問いかけに応えようとするたびに、内側の奥深く、疼くような歓びに包まれてくるのでした。

彼は私を抱きしめてきました。シナ、シナ、と私の名を低く繰り返しました。

海辺の崖の上に建っている旅館でした。閉じた窓の向こうに、かすかに潮騒の音が聞こえました。その音に、彼の心臓の音が重なります。どくどく、という若々しい鼓動が私に伝わってきます。

「ねえ、明日の朝、あの仲居さんの前で、私のこと、お母さん、って呼んでみて」

「なんで」

「面白いじゃないの。親子のふりをしてやるのよ」

「悪趣味だ」

「そう？　私たちは恋人同士だ、って宣言するほうが、よっぽど悪趣味だと思うけど」

私は絶望的な顔をしてみせる彼を見るのが好きでした。苛《いじ》めてみたくなる、というのとも少し違います。途方にくれた表情をする彼が、いかに私を強く求め、真剣であるか、何度でも知りたい衝動にかられるのでした。

彼はやおら私から離れ、こわばったような背中を見せながら、数歩、座敷の奥に進みました。そして、勢いよく振り返ると、鋭い目つきで私を凝視しました。「シナは意地が悪い。こんなに、意地の悪い女は見たことがない」

潮騒の音が大きくなりました。並べられた夕食の膳の上で、小鍋がぐつぐつと湯気をあげていました。闇に包まれた外界と室内を隔てている硝子《ガラス》窓は、曇り始めていました。

「せっかく旅行に来たのに、怒ってばっかり」

「別に怒ってるわけじゃない」

「じゃあ、何なの」

「理不尽なことに黙っていられないだけだよ」

私は吹き出しました。「それって、怒ってる、ってことじゃないの」

彼は両方の眉を大きく上げ、私を一瞥《いちべつ》しましたが、まもなく観念したように両肩の力を抜き、頭を左右に大げさに振りました。彼のくちびるには、再び私の大好きな微笑が浮かびました。

私ほど彼のその微笑み方……たぶん他のどんな人間もまねができない、彼にしかできない微笑に魅入られていた人間はいなかったでしょう。あんなふうに微笑む男でなかったら、彼は私にとってただの、虚弱で病気がちな、そのくせ、愛だの恋だの、わかったふうなことばかり言いたがる、理屈っぽいだけの、どこにでもいる若造に過ぎなかったはずです。

本当にそれは、はたちの青年のそれとは思えないほど、大人びた微笑でした。そんなふうに微笑されるたびに、私は、私と出会うまで彼が通りすぎてきた短い人生がどんなものだったのか、想像できるような気がしてくるのでした。

そこには、人知れず吹き荒れた風や雨が残した痕跡のようなものが感じられました。それは諦めであり、許容であり、抑えに抑えた情熱の産物であるようにも思えました。

私は間違いなく、彼自身、というよりも、彼の微笑に恋焦がれていたのだと思います。

彼と出会ったのは、正月休みが明けたばかりの寒い日の、地下鉄の駅のホームでした。

数日前から身体が異様にだるく、食欲も失せて、関節のあちこちが痛んでいました。ですが、熱はなかったので、そのうち治ると思っていたのです。あの日も変わらずに出社したのですが、昼休みを前にして、急に具合が悪くなりました。

　上司の許可をとって早退し、帰りの地下鉄に乗ったまではよかったのですが、まもなく頭がぐらぐらして、吐き気がこみあげてきました。

　当時、私は長らく悩みのたねだった夫との離婚騒動に決着がつき、それまで仮住まいしていた小さなアパートから引っ越して、夫の住まいとは逆方向にある街の古いマンションの、1LDKに住み始めたばかりでした。

　その最寄り駅まで、あとひとつ、というところまではなんとか我慢できたのですが、もはや、その場に倒れこむか、さもなかったら、朝食に無理して胃に押し込んだゆで卵とトマトジュースを周囲にまき散らしてしまうのか、という状態になりました。私は口をおさえ、よろけるようにしてひとつ手前の駅のホームに降り立ちました。

　コートの前をおさえ、前かがみになりながら、目についたベンチの前まで歩き、腰をおろしたのですが、前後のことはあまりよく覚えていません。

　地下鉄が轟音《ごうおん》と共に走り去り、あたりが少し静かになった時です。横から「大丈夫ですか」という男の声が聞こえました。

　返答することもできないまま、私は身体をふたつに折ってえずきました。激しくえずいたのに、口の中が苦くなっただけで、胃からは何も出てきませんでした。

　えずくと、少し楽になる、ということがよくあります。その後、吐き気は幾分《いくぶん》、遠のいていき、いくらか楽になりました。

「……横になりますか？　よかったら、この鞄、枕代わりに使ってください」

私はバッグの中からハンカチを取り出し、口を抑えたまま、涙のにじんだ目で声のするほうを見上げました。

ほっそりとした若い男でした。手には何かがいっぱいに詰まってぱんぱんに膨《ふく》らんだ布製の、大きな茶色い鞄を抱えていました。ごくふつうの若者でしたが、着ている黒いコートがカシミヤであることは、すぐにわかりました。

私は首を横にふり、「いいんです、このままで……」とだけ言いました。

男は立ち去ろうとせず、かといって、ベンチのとなりに座ろうともせず、心配そうな顔をして黙ったまま、そばに立っていました。

「もう大丈夫です」私は口がきけるようになったのを確認しながら、小さな声で言いました。

「すみません、ご迷惑かけて」

「熱は何度くらいあるんですか」

「え？」

「平熱じゃなさそうですよね」

「……計ってないから、そんなことわかりません」

「たぶん熱が高いんだと思いますけど。何かの感染症か、風邪をこじらせたか。……このへんの方ですか？」

「ええ、まあ」

「改札を出たところにタクシー乗り場があります。ここで少し休んで歩けるようだったら、タクシーを使って、病院に行かれたほうが……」

私は目の端で彼を見たまま、黙っていました。通りすがりの人間の急病に付き添おうとする、若さに似合わぬ親切が、ひどく煩《わずら》わしかったのです。

「早めに抗生物質を処方してもらえば、軽くすむと思いますから」

「……あなた、お医者さん？」

「いえ、まさか」

「医学生？」

「違います。ただの美大の学生です」

そう言って、彼は私に微笑みかけてきました。

その微笑に、ふいに私は魅入られたのです。苦痛が少しずつ、和らいでいくのがわかりました。肉体の苦痛のみならず、長く私の中に巣くっていて消えなかった怒りや苛立ち、不安と怯えのようなものが、ふしぎなほど遠のいていったのです。深い安堵《あんど》とも呼ぶべき、場違いなほど温かなものが私の中を巡っていくのがわかりました。

彼は地下鉄で車両に乗っていて、私の様子がおかしいことに初めから気づいていたそうです。車内ではなかなか声をかけづらかったのが、この駅に地下鉄がすべりこんだ時、私がふらふらとホームに降り立ったので、心配になって思わず追いかけてきた、という話でした。彼の自宅はその駅から徒歩で十五分くらいだそうで、自分も降りようとしていたところだったのだから、気にしないでください、と言われました。

私は短く礼を言いましたが、それ以上、話をするのは億劫《おっくう》でした。彼は察してくれたのか、すぐに口を閉ざしました。

十数分ほどそうやって黙ったまま、地下鉄が行き来するホームのベンチにいたでしょうか。彼はただ、そばに立っていただけで、何かするというわけでもなかったのですが、そうやって付き添ってもらえるのはありがたいことでした。いっこうに状態が回復しそうになかったからです。それどころか、どんどん悪くなっていくような気がしたからです。

彼に言われたように、やはり病院に行ったほうがいいのかもしれない、と思いました。胸の奥のほうが重苦しくて、咳《せき》が出そうでした。ひとたび咳き込んだら、止まらなくなりそうだし、再び三たび、えずいてしまいかねないので我慢しました。

「ともかく」と私は吐き出す息の中で言いました。「やっぱり病院に行ったほうがいいみたい。ずっとこんなところに座ってても埒《らち》があかないし。ご親切に、どうもありがとう」

前かがみになってベンチから立ち上がると、彼が案じ顔で私について来るのがわかりました。ウィークデーの真っ昼間で、乗降客が少なかったのが幸いでした。ホームのエスカレーターに乗り、改札口を抜けて駅を出ると、目の前がタクシー乗り場です。ふらふらしてはいましたが、そこまではなんとか自力で歩くことができました。

私の住まいから徒歩でも行けるところに、中規模の病院があることは知っていました。最寄り駅ではない、ひとつ手前の駅からタクシーに乗ったら、料金がどのくらいかかるのか、わからず、少し不安でしたが、いくらかかろうと、それ以外の選択肢はなさそうでした。

背後に彼の気配を感じたので、わずかに振り返り、軽く会釈《えしゃく》してタクシーに乗りこんだ時です。

「一緒に行きます」と低く言いながら、彼が後部座席にすべりこんで来ました。

「僕、子供のころから身体が弱くて病気がちだったんで」と彼は半ば照れくさそうに言いました。「しょっちゅう入院してましたし。だから、具合の悪そうな人を見ると、放っておけないんです。すみません、かえってご迷惑だったかもしれませんが……」

車内での会話はそれだけだったと思います。あとはよく覚えていません。車内はヒーターで温められていたというのに、悪寒がし始め、全身が細かく震えだし、窓の外を流れる風景が白く見えていました。

病院の正面玄関前でタクシーが停まると、彼は私の身体には直接触れないようにしながら、安全に車から降りられるよう、気遣ってくれました。料金は彼が支払いました。かろうじて記憶に残っているのはそこまでです。

車から降りたとたん、気を失ったのでしょう。膝を折って前のめりに倒れそうになった私は彼に抱きとめられました。ストレッチャーに載せられたのはぼんやり覚えています。気がつくと静かな部屋のベッドで点滴を受けていました。

医師からは、風邪をこじらせており、あと少し遅かったら肺炎を引き起こしていた可能性がある、と言われました。栄養状態もあまりよくない、貧血もみられる、と指摘されました。

私は病室で休ませてもらった後、処方された抗生剤を手に病院を出ました。あたりを探してみたのですが、彼の姿はどこにもありませんでした。

三日もたたないうちに熱はすっかり下がり、食欲も出てきました。会社を休み、静養かたがた、久しぶりにゆったりした生活を心がけたせいか、回復は早いようでした。一週間後に、再び病院を訪れ、医師の診察を受けました。無理をしなければ、もう日常生活に戻しても大丈夫、と太鼓判を押されました。

礼を言って椅子から立ち上がろうとすると、担当医が一枚のメモ用紙を差し出してきました。そこには病院まで付き添ってくれた若い男の名と、自宅とおぼしき電話番号が黒いボールペン文字で記されていました。

医師の話によれば、私が気絶して運ばれた後も、しばらくの間、彼は外廊下の椅子に座り、私を案じていた様子だったそうです。私との関係性を看護師に訊かれ、同じ電車に乗り合わせただけで、名前も知りません、と答えた彼は、メモ用紙に自分の名前と連絡先を書きつけ、できたらこれをあの女性に渡してください、と頼んだということでした。

そのメモ書きは、その日のうちに看護師から私の担当医にまわされたのですが、医師が多忙をきわめていたため、私が病院を出るまでに手渡すことができなかった、という話でした。

その日の晩、私は自室の電話を使い、彼が残してくれた電話番号に電話をかけました。まだ携帯電話が一般に普及していなかったころのことです。固定電話の電話口に出てきたのは、丁寧でありながら、おそろしく冷やかな物言いをする年輩の女でした。あとで知ったことですが、それは彼の母親ではなく、長年、彼の家に仕えているという家政婦でした。

電話が切り替えられる気配があり、まもなく聞き覚えのある声が聞こえてきました。私は丁重に感謝の言葉を並べ、その後の様子を報告しました。次いで、このたびのご親切に御礼をしたいので、いずれ時を改めてご挨拶《あいさつ》に伺いたい、といったことを形式的に口にしました。そう、あくまでも形式的に、です。それ以上の気持ちはありませんでした。

御礼とか感謝とか、そんなものはいりません、と彼は言いました。「でも……お会いしたいです。とても。……ずっと考えていましたから。あなたのこと」

感謝の意を表するために連絡しただけのつもりだったのが、いつのまにか、何やら愛の告白、デートの誘いを受けているようになりました。話が違う、と感じたとたん、彼が「あなたのお名前は病院で知りました。これからあなたのことを、シナ、と呼びますね」と言い出したので、私はますます混乱しました。

何か魂胆があるのではないか、と思いました。彼については、美大の学生であること以外、何も知らず、駅のホームで介抱してくれたのも、病院まで連れて行ってくれたのも、初めから仕組まれていたことではないのか、などと考え始めると、まさか、と思いながらも、警戒心がわいてきました。

でも彼は、私の気持ちなどいっこうに気づかない様子で、「僕のことはヨウジと呼んでください」と屈託なく言いました。「名前なんか、どうでもいいんですけどね。呼び名があったほうが便利だから」

「言ってることがよくわからないんだけど」と私は苦笑しながら言いました。「私、別に、そういうつもりで電話したわけじゃないですから」

「そういう、って？」

「だから、その、私はただ、あの日、あなたから受けた親切に感謝の気持ちを……」

「堅苦しいことは嫌いです」と彼……ヨウジは言いました。喉の奥に、くすくす笑いをしのばせているようにも聞こえました。

待ち合わせの場所、時間、日にちを落ち着いた口調で並べ、有無を言わせぬ勢いで私にひとつひとつ確かめると、ヨウジは「じゃあ、そのときにまた」と言いました。

「あ、ちょっと待って」

「はい？」

「あの日のタクシー代は、会った時に必ずお返ししますからね。それもあってこうやって、電話をしたわけだから」

「わかってます」と彼は言いました。「でも、そんなこと気にしないでください。風邪が治って、本当によかったです。すごく安心しました。ほんとに辛そうだったから。ああいう時って、辛いんですよね。でも、僕が言った通りだったでしょ？　感染症か風邪だろう、って。子供のころから虚弱だと、こういうことに詳しくなれるんです」

私が黙っていると、彼は、ふふ、と短く、面白そうに笑いました。「お会いするのを楽しみにしています」

電話は静かに切られました。

取り残されたようになった私は、わけがわからないまま、警戒心も消えぬまま、しかし、一方ではその時すでに、もう一度、あのふしぎな微笑……空気のように、うすい羽のように私を柔らかく包み、安堵させ、時空を超えた落ち着きを与えてくれる、あの微笑を目にしたい、という奇妙な欲望に取りつかれていたのです。

タクシー代を返して礼を述べる、という名目で彼と再会した日、約束したのが夕方だったので、流れで夕食を共にしました。たまたま目に止まった、カウンターだけの小さなイタリアンの店でした。彼は、緊張していると言って、目だけ輝かせたまま、あまり食べなかったし、私も疲れていたので、その日は和やかに食事をしただけで別れました。

数日後の晩、たしか八時をまわったころだったと思います。彼から電話がかかってきました。私が勤めから戻り、簡単な夕食を作って食べ終えた直後でした。

彼は、「帰ってたんだね」と言いました。「突然なんだけど、これから、部屋に行ってもいいかな。お腹が痛くなっちゃって。トイレ、貸してほしい」

再会した日から、早くも彼は私のことをシナと呼ぶようになり、丁寧語も使わなくなっていました。距離の縮め方の早さには舌を巻きましたが、別段、いやな感じはしませんでした。

「今どこ」

「近くの公衆電話。たぶん、シナの部屋の窓からも、ここが見えると思う」

その公衆電話なら、よく知っていました。私の住んでいるマンションの前の道路沿いにあり、周囲の街灯がうすぐらいため、夜になってもそこだけが青白く四角く、浮き上がって見えました。

私に会いたくてたまらなくなって、勤めから帰る時刻を見計らい、駅の改札口に立っていたところ、冷えたのか、急な腹痛に見舞われたのだそうです。

こんな時間に、と思わないでもなかったですが、事態が事態なので、受け入れざるを得ません。正直に言えば、私に会いたくて、気温がぐんぐん下がっていく冬の晩、駅の改札口に立って待っていた、という彼の気持ちが思いがけず、私の中に響いていました。

彼の自宅は、私の住まいからも徒歩で行ける距離にありました。代々、富裕な実業家の家系で、彼の父親は、東南アジアで繰り広げる新事業のために海外暮らしを続けていました。父親と別居状態だった母親は、父が留守になったのをいいことに自宅に戻ったそうですが、彼とは表面的なかかわりしかもっておらず、自宅には旧くから雇っている老いた家政婦がひとりいるだけ、という話は、タクシー代を返して食事をした時にすでに聞いていました。

私に会えないまま、諦めて自宅に帰ろうとした時、急な差し込みに襲われたのだとしたら、駅からほど近いところに住んでいる私に、助けを求めたというのも無理からぬことでした。

やがてやって来た彼は、中に入るなり、青い顔をしたまま、トイレに飛び込みました。派手な腹下しの音が部屋中に響きわたりましたが、ふしぎなことに私は何とも思いませんでした。むしろ彼が恥ずかしいだろうと気を遣い、キッチンの流しの水を出しっぱなしにしたり、テレビをつけてボリュームをあげたりしていました。

身体中が冷えきっている様子だったので、ユニットバスに湯を充たし、温まるようにと言いました。彼は驚くほど素直に従い、長い間、湯につかっていました。

風呂から上がった彼の顔には、見違えるほどの血色が戻っていました。猫の毛のようにやわらかい髪の毛が濡れて頰や首に張りつき、着ていたシャツの前がはだけて、胸元が見えていました。筋肉も贅肉《ぜいにく》もない、つるつるとした、中性的な身体でした。

少しなら飲める、というので、私たちは小さなダイニングテーブルを囲み、熱燗《あつかん》を飲みました。夕食の残りの、鶏の水炊きが入った鍋を温め直して食卓に並べると、彼はおいしいおいしい、と言いながらよく食べました。

緊張感は何もなく、照れもありませんでした。私の中に残っていたわずかな警戒心も消え去っていて、もう二年も三年も前から、そうやって小さな食卓を囲み、食事をしてきた間柄のような感じがしたことをよく覚えています。

そしてその晩、酔いのせいで眠くなってしまった彼が私のベッドで眠りこけ、起こすのもかわいそうになって、その脇に私がもぐりこんだ時のことです。浅い眠りだったのでしょう、彼は目をさまし、赤ん坊のように少しむずかり、そして、半身を起こすと、隣にいる私に、例のあの、魅力的な微笑を向けました。

瘦せた身体に男性的な魅力はほとんどなく、どこもかしこもゴツゴツと骨ばっていて、力強く抱きしめられたい、くるまれてしまいたい、と願う私の気持ちには何ひとつ応えてくれませんでしたが、それでも若さゆえか、彼の肉体は驚くほどしなやかでした。猫のそれのように隅々まで腱や関節がやわらかく、肌はしっとりとして、私の身体に隙間なく張りついてくるような感じがしました。

　女の経験はほとんどなかったと思います。でもそれが初めてではなさそうでした。確かめたわけではありません。うまく言えませんが、ただの直感です。経験がなければ、いくら私が誘導しても、あれほどうまくいかなかったと思うのです。

　もちろん、ただの偶然、相性の問題に過ぎなかったのかもしれませんが。


　私は、彼の私生活や生い立ちの詳しいことはあまりよく知りません。知りたくなかったからではなく、私たちが寝物語に互いの過去を事細かに打ち明け合うような、大人の男と女の関係ではなかったせいだろうと思います。

　将来は画家になりたいという彼の夢の話や絵の話、美術の話は私も聞いていて愉《たの》しかったし、彼も率先して話してくれました。話が弾むのは個人的なことではなく、もっと広がりのあること、普遍的なことが多かったようにも思います。

　私も離婚をめぐる一連の不愉快な出来事を打ち明けた以外、ほとんど自分のことは彼に話しませんでした。中学の時に父親を亡くしたことや、兄弟姉妹がいなくて一人っ子であること、ごく幼い時分の愉しかったエピソード、笑い話などはたまに話しましたが、その程度です。

　今となってはどうでもいいことですが、まだ私が結婚して数年後、三十そこそこだったころのことです。勤め先の同僚たちと飲みに行き、いつになく酔ってしまったため、ひとつ年上の先輩の男にタクシーで自宅まで送ってもらったことがありました。

夫は学生時代の同級生で、当時、夫婦で暮らしていたマンションは通り沿いに建っていました。エントランスの前に停められたタクシーは、三階の私たちの部屋のベランダから容易に見下ろすことができる位置にありました。

車から降りる際、料金を半分払う、いや、いらない、ということで笑いながら先輩と身体をぶつけあってふざけ、酔っていたせいで身体がふらついて、その先輩の胸にしなだれかかる格好になり、先輩のほうも酒が入っていたため、思わず、そんなことをしたのでしょう、若いうちは、よくあることかもしれません。私を抱き寄せて、冗談めかしたことを言いながら、片手で私の髪の毛をかきあげ、額と頬にキスをしてきました。

私も冗談を返しながら、それを受けました。その直後、別に互いに意図したわけでもなかったのですが、それこそ勢いのような感じでくちびるを合わせたのです。ほんの一瞬でした。わずかに官能的な気配が漂ったのかもしれませんが、よく覚えていません。酔って乱れた時の出来事に過ぎず、そもそも恋愛感情などまったくない者同士なのですから、気に病んだり、驚いたりする必要もありませんでした。

私は笑顔のまま身体を離し、車を降りました。じゃあ、おやすみなさい、と互いに窓越しに言い交わして手を振り合いました。タクシーは走り去って行きました。

ふと視線を感じました。見上げると、私の住まいの部屋のベランダで黒い影が動くのが見えました。逆光だったのですが、その影は明らかに夫でした。影はたちまち室内に吸い込まれるように姿を消し、あとにはカーテンの隙間からもれてくる黄色い明かりだけが残りました。

その晩を境に私たち夫婦の間には、深い亀裂が入りました。信じがたいことですが、夫は私が一つ年上の、既婚者で子供も二人いる、家庭的であることで有名だった先輩と浮気していると思いこみ、いくら誤解だと説明しても聞かず、酒を飲んだあと先輩の自宅に押しかけて行きました。わけのわからないことを言い、先輩の妻もまきこんだあげく、大立ち回りを演じました。警察に通報されずにすんだだけでも、ありがたかったとしか言いようがありません。

その後、夫は私にあてつけるようにして何人かの玄人《くろうと》女性と関係をもち、やがてスナックでアルバイトしていた女子大生と温泉旅行に行って、その娘の妊娠がわかると、認知するつもりだからそのつもりで、と申し出てきました。夫の一族は、もともと夫に甘く、こうなったのもすべてあなたのせいなのだから、そのくらいは認めるべきではないか、と言ってきました。

あまりの理不尽さに呆然としました。離婚を申し出ましたが、夫からは、その場合は慰謝料は一切、支払わないし、なにより離婚には絶対に応じない、と言われました。こうなったのも私の浮気が原因なのだから、一生、苦しめ、というわけです。

慰謝料などいりませんでしたが、ひとたびそう言ってしまうと、捏造《ねつぞう》されたも同然の、私の不貞を自分で認めることになります。抵抗し続けるしかありません。

離婚するための弁護士費用を払えるほどの経済力はなかったのですが、真実を塗り替えたくなければ、そうする以外に方法がなく、あちこちに無心をしながら、やむなく調停にもちこみ、長い時間をかけて、やっと離婚が成立したのです。夫の子を宿したという女子大生は、巻き込まれるのに嫌気がさしたらしく、その後、夫とは別れたようです。夫との間に子ができた、というのも本当だったのかどうか、今となっては闇の中です。

そのことだけは黙っていられず、ヨウジに打ち明けました。ヨウジは何も言わずに真剣に聞いていました。聞き終えても、小さく瞬きを繰り返すだけでしたが、やがて私を抱き寄せると、私の顔を長い間、じっと見つめました。あの優しい、包みこむような微笑が口元に浮かびました。

「シナには僕がいるよ」

思わず涙ぐんでしまいそうになるのを必死でこらえながら、私は笑顔を作り、「ありがとう」と言いました。「でも、あなたはちゃんと、若い女の子と恋をして結婚して、子供を作るようにしなきゃだめよ。おばあさんになった私を相手にするようになっちゃ、おしまいだから」

「なんでだよ。え？　なんで、おしまいなの」

「そんなふうになるのは、私がいやなのよ」と私はわざと冷たく言い放ちました。「冗談じゃない。年取って、お情けで相手にされるなんて、真っ平」

「僕がお情けでシナを愛するなんてこと、あり得ない。絶対にない」

「今はそう言えてもね」と私は女教師のように居丈高《いたけだか》に言いました。「そのうち変わるの。そうなって当たり前なの。そしてね、そうなってほしい、って私が言ってるんだから、そうすべきなのよ。そのことだけは今から肝に銘じておきなさい」

「いやだよ」と言い、彼は私を組み伏せてきました。意外なほど強い力でした。

私は笑いながら仰向けになってそれを受け、間近にあった彼の顔を凝視しながら訊ねました。

「一度、聞きたいと思ってたの。私の何が好きなの」

「全部」

「子供みたいな答えかたね」

「全部なんだからしようがない。顔も身体も声も話し方も全部。耳のうしろのにおいも、ちょっと冷たいところも、独りよがりなところも。すごく教養があるのに、ないふりをしたがったり、お金に執着がないところとか、何があっても強く生きられそうなところとかね。こうやって抱いてると、永遠に離れたくなくなるみたいな気持ちよさとかも」

「変わった人ね。駅のホームでげーげーやってた、肺炎一歩手前だった情けない四十女に、いったい全体、どうして、って、ずっとふしぎでたまらなかった。今もよくわからない」

「好きなものは好きなんだよ。初めて地下鉄の中で見かけた時から好きだった」

「かなり変態なんだね」

「どうしてこれが変態なの」

「変だもの。ふつうじゃないもの」

彼はまた、優しい微笑を向けながら、右手の指先で私の額にかかる髪の毛をそっとかきあげました。「でも、シナも僕のこと、好きでいてくれるじゃないか」

「そうだけど」

「僕のどこが好き?」

「そうね」と少し考えてから私は答えました。「変態なところ」

彼は笑い、私も吹き出し、私たちはふざけて互いの身体をくすぐり合い、それから、その日、二度目だったか三度目だったかの交わりをしたのでした。

そんな関係が一年ほど続いたころです。二月の、底冷えがするほど寒い日でしたが、仕事先の関連会社に資料を届けなくてはならなくなり、午後三時過ぎでしたでしょうか、私は社を出ました。行き先は、ふだんあまり行ったことのない、なじみのない街でした。資料を届けて先方に説明をし終えたら、社に戻らず、そのまま帰宅してもかまわない、と言われていたので気楽でした。

電車を乗り継いで出かけ、仕事をすませ、商店街を駅に向かって、ぶらぶら歩いていた時です。通り沿いにあるガラス張りの喫茶店の、窓際の席に彼が座っているのを見つけました。テーブルをはさんで座っていたのは、くせのないロングヘアの、丸顔で愛らしい顔立ちをした、育ちのよさそうな娘でした。学生のようでした。

私は虚を衝かれた思いで足をとめ、慌てて反対側の舗道に走り、電信柱の蔭《かげ》に身を潜めました。通りをはさんだ向こう側、喫茶店のガラス越しに見える二人は、コーヒーカップを前に幸福そうに笑い、とめどなく喋っていました。

やがて彼女が、羞《は》じらいながら彼にそっと手を伸ばすと、彼はすかさずそれを両手でくるみ、彼女を正面から見つめたまま、手の甲にくちびるを押し当てました。

飄々《ひょうひょう》とした仕種《しぐさ》でした。にやついていたわけではありません。なんだか芝居のワンシーンのように、どこか人工的な感じもしましたが、私にははっきりと彼の、彼女に向けた若々しい欲望が感じられました。

私にだけ向けていたはずの、あの微笑が、娘に向けられているのを知りました。胸の奥に冷たいものがすべり落ちていくのを覚えました。首筋がうそ寒くなって、震えのようなものが全身に走り、目にするすべてのものから、急速に色彩が失われていくのが感じられました。

その晩、彼からの電話はかかってきませんでした。ふだんはいきなり予告なく訪ねてくることもあったのですが、深夜になっても、まったくそんな気配はありませんでした。

待つともなく待っている自分に気づいた時、思いがけず涙があふれてきました。いつかはこうなる、とわかっていたのですが、現実のものになってしまうと、受け入れられなくなっている自分がいて、そのことに烈《はげ》しい戸惑いを覚えました。

彼が若い娘と一緒にいて、手の甲にキスをしているのを目撃した、と私が口にすれば、誤解だ、勘違いだ、僕の気持ちはシナにしかない、などと言い訳を繰り返され、ついつい気を許したあげく、求められれば応じてしまうに違いありません。肉体の反応は正直だから、ひとたびそうなれば、またずるずると関係が続いていくのは目に見えていました。

私は宣言した通りのことをしなければならない、と自分に言い聞かせました。それでしか前に進むことはできず、自分のためにも彼のためにもそうするしかないのでした。

翌日だったか、彼から電話がかかってきましたが、居留守を使いました。訪ねてきた彼が何度となく部屋のドアチャイムを鳴らしましたが、徹底して無視しました。

何度めかに電話がかかってきた時、電話口で優しく、冷静に、「別れましょう」と言いました。

「理由は、あなた自身が一番よく知ってるはずよね。でもいいの。気にしないで」

その直後、受話器の奥に沈黙が流れたことは忘れられません。ごく短いものではありましたが、それは辛く、残酷な、思い出したくない沈黙でした。

でも、その沈黙と、彼の微笑は常に私の記憶の中で、分かちがたくワンセットになっています。私にとっては同じなのです。それは、思いがけず私を救い、寄り添ってくれた若い男が、嘘をつくことなく私にみせてくれた、正直な、若いくせに生きて在ることの、厳しさと切なさを知っていた、実に彼らしい沈黙でした。


私は今、とある百貨店の最上階にある、多目的ホールの前に立っています。そのホールでは、一週間ほど前から、画家のカドクラ・ヨウジの個展が行なわれているのです。カドクラというのは、彼の本名です。

来るべきか、やめておくべきか、さんざん迷い、店内をしばらくうろうろしたものの、結局、来てしまった。

五年前、還暦を迎えた年に勤めを定年退職してから、慎ましい暮らしを心がけてきました。疫病が大流行し始めてからは、生活に必要なもの以外は、めったに買わずにきて、それで何の痛痒《つうよう》もなかったのですが、突然、白い足袋《たび》がほしくなりました。上等の、ぴんと糊のついた、履くと足をまんべんなく包んでくれる、美しい白足袋が。

若いころ、親に買ってもらった着物と、亡き母が遺した着物が数着、箪笥《たんす》の中で眠っていたのですが、先日、抽斗《ひきだし》の整理をしながら、ふとそれらに袖《そで》を通してみる気になりました。着る機会など皆無だった着物です。インターネットを検索しながら、見よう見まねで自分で着付けてみたところ、思いの外、面白く、日本舞踊のまねごとをしたり、正座して抹茶をいれて飲んでみたり。人と会わない、会えない日々の中、思いがけず愉しいひとときを味わいました。

誰にもみせない私だけの遊びのようなもので、ばかばかしいと言えばばかばかしいのですが、このご時世、安全な遊びというのは貴重です。ですが、簞笥に押し込んでおいた足袋があまりに旧びていて、足を通すのも憚られるほど薄汚れており、急に新しいものが一足、ほしくなった、というわけです。

そんなものはどこでも買えるのかもしれませんし、オンラインショッピングでも簡単に手に入るのでしょうが、やはりどうせ身につけるのなら、上等の足袋を昔ながらの百貨店に買いに行きたい、と思いました。それに、百貨店の呉服売り場なら、混雑などしていないに決まっています。一月とはいえ、さほど寒さを感じないほど天気がよかったので、早速、私はマスクを二重につけ、感染防止のための手袋を厳重にはめて、久しぶりに街に出かけて来たのでした。

想像していた通りの、目もさめるような真っ白な足袋を買うことができ、満足して売り場から出ようとした時です。エスカレーターやエレベーターを避け、階段を降りようとして、脇の壁に貼られていた一枚のポスターが目に飛びこんできました。

新進気鋭の画家、カドクラ・ヨウジの初個展が、その百貨店の最上階にある多目的ホールで開かれていること、今日一日のみ、彼が在廊していることを、その時、私は知ってしまいました。

おかしな話ですが、離婚後、独り身を通してきた私は、寝つけない夜などによく、かつて肌を交わし合った男たちのことを懐かしく思い出します。単なる昔の思い出として甦らせ、すぐにまた忘れてしまうだけなのですが、先日は少し変わったことをしてしまいました。寝た男たちの名前を順番に並べて紙に書いてみたのです。

たくさんいるわけではありません。たいていが結婚前か、離婚した後、ごく短い期間、恋人気取りになっただけの相手で、恋愛とも呼べない、私の人生にさしたる刻印を残さなかった人ばかりです。中には行きがかり上、なんとなくそうなってしまったに過ぎない、名前も忘れてしまっている相手もいて、そういう人のことはAとかBとかCなどという、アルファベットで記します。深夜、一人でそんなことを書きつけた紙をぼんやり眺めていると、長い長い、遥かな旅をしてきたことを感じます。並べた男たちの名前を指先でたどりながら、気の抜けたような、少し疲れたようなおかしみがこみあげてきます。

その時、私はヨウジの名前がないことに気づきました。ヨウジの名を記さずにいたのはなぜだったのか。故意なのか。何かの潜在意識が働いたせいなのか。

忘れていたはずはないのです。世間的な目で見れば不可解な関係だったかもしれませんが、彼と過ごした時間はかけがえがない。少なくともあの微笑は、生涯、忘れられないものなのです。だからこそ、彼の名を記せなかったのかもしれない、と思います。痩せっぽちで病弱な金持ちの一人息子。貪《むさぼ》るように私を求め、アイシテル、アイシテル、と言い続けた風変わりな彼は、私にとってはあまりにも特別な男だったのだと思います。

彼の初個展が開かれているというホールは、さほど大きなものではありません。催事場の一角をパネルで囲っているだけで、入り口付近に華やいだフラワースタンドがいくつか並んでいなければ、画家の個展会場だとはわからないかもしれません。

まさか、彼と会えるとは夢にも思っていなかったので、着ているコートや履いてきたショートブーツは古びてみすぼらしく、マスクで隠れているとはいえ、まともな化粧もしていないままです。こんな姿では会えない、会いたくない、と思いつつも、彼ならどんな私でも受け入れてくれるような気がしてくるのがふしぎです。

ともかく、ここに彼がいるなら、ひと目、会いたい、と思います。夢を叶えて画家になり、個展を開催した彼にひと言、よかったね、と言いたい。

別れてから、二十五年もの歳月が流れました。青年だった彼は中年に、中年だった私は老いの道に入って、疫病流行のさなかではあっても、こんなふうに会うことができる、という人生のシナリオがあったことを思うと、胸が熱くなります。

入り口の両側には透明な、人の背丈よりも高いアクリル板が、引き戸のようになって設《しつら》えられています。引き戸を引いて中に入る、というかたちのようです。

アクリル板の手前には、細長い立て札が置かれています。「感染防止にご協力ください」と書かれたもので、後に少し小さな文字が続きます。「大変申し訳ありませんが、ご入場をお受けできるのは、昨年度、政府が推奨した予防接種が完了した方に限らせていただきます」

私は予防接種を受けていません。さしたる大きな理由もなく、そのことを声高に言うつもりも毛頭ないのですが、予防接種では確実に感染を阻止することはできない、と考えています。無理なのです。ウイルスに限らず、自然界にあるものを徹底して人工的に叩きつぶすことは、たぶん難しいのです。

紺色の制服を着た若い女性が、アクリル板の向こうにやってきました。淡いピンク色のマスクをつけています。マスクの中でにこにこしているのか、濃いめのマスカラをつけた両目を精一杯細め、「いらっしゃいませ。お入りになられますか」と訊ねてきました。甲高い声です。

私は首を横に振り、「無理みたいです」と答えました。「私、予防接種を受けていないので」

「そうでしたか。それは残念です。せっかくいらしていただいたのに、大変申し訳ございません」

「でも、ほんの数分でもだめなんでしょうか。カドクラさんの昔の友人なんです。個展のことはさっき知ったばかりで……」

「本当に申し訳ありません。規則でございますので」

「カドクラさんにひと言、ご挨拶させていただくだけでいいんですが」

「まことに申し訳ございません」と若い女性は繰り返します。心底、申し訳ない、と思っている気持ちが伝わってきます。「カドクラ先生からも、そのように申しつかっているものですから」

押し問答、というほどではないにしても、巨大なアクリル板越しにやりとりしていたのが、会場の奥のほうにも伝わったのかもしれません。L字型になった会場の角から、懐かしい姿が現われ、こちらに向かってくるのが見えます。ほっそりとした、ちっとも変わっていない、でも、ほんの少し顎のあたりに肉がついて、わずかにふっくらしたように見えるヨウジです。

濃紺のジャケットに白い薄手のハイネックセーターを着ています。その白と合わせるように、真っ白の、大きなマスクが彼の顔の三分の二を被っています。

「あ、先生」と若い女性が振り返ります。「こちらのお客様が……」

彼が私に視線を走らせます。若かったころよりも、尖《とが》ったものが消えて、丸みを帯びたようになった視線です。

どうせわからないだろう、と私は思っています。マスクをつけ、目だけ出していて、白髪染めを欠かさないけれど、髪形は二十五年前とは違っています。厚手のコートを着ているため、体型も定かではなくなっています。

わからないのだろうから、と思うと気楽です。緊張がいくらかほぐれます。

彼はアクリル板の向こう側で立ち止まり、私に向かって近眼の人がするように、目を細めました。「もしかして……」

私も目を細めます。「おめでとう。こんなに立派になったのね」

「シナ……」

彼と私の間に立っている女性が、困ったように私たちを交互に見ています。

「そこを開けてあげてくれませんか」

「はい、ですが」と女性が口ごもります。「予防接種を受けておられない、とおっしゃるので」

「そんなのかまわないですよ。この人なら、全然、かまわない」

「いえ、でも……」

彼の背後から、もう一人、女性がやって来ます。光沢のある上品な、黒いレースのワンピース姿です。服に合わせているのか、つけているマスクも黒のレース製です。清楚できれいな人です。彼と同年代に見えます。

「さあ、入ってください」と彼が言います。「いいから、どうぞ」

彼の隣に立った黒いマスクの女性が私に軽くお辞儀をします。彼が彼女に何か囁きます。「まあ」という声がかすかに聞こえます。彼が何を囁いたのかはわかりません。学生時代、お世話になった、とかなんとか言ったのだと思います。

彼女は改まったように、もう一度、私に向かってお辞儀をします。「カドクラの妻です。はじめまして」

別に驚きもしません。そうなのだろうとすぐにわかったことです。私はうなずき、丁寧にお辞儀を返します。

「偶然ですけど、今日、このデパートに買い物に来て個展を知ったんです。お会いできてよかった。こんな時なので、規則違反をするつもりは全然ありません。私はここで失礼しますね。ご活躍をお祈りしています」

私がそう言うと、ヨウジは困ったように黙りこみました。いいのです。ひと目、会えただけでいいのです。いつかまた、会えるでしょう。必ず会えるでしょう。百年後、千年後になるのかもしれないけれど、必ず。

唯一残念なのは、あの優しい微笑がマスクに隠れて何も見えないことです。まさか、マスクを外して、みせてちょうだい、とも言えません。

そばに妻がいようが、恋人がいようが、そんなことでは傷つかない。さびしいとも思わない。過去がかたちを変えてしまったことなど、なんとも思わない。でも彼の微笑だけは、今いちど、目にしたかった。

人の少ないフロアの天井では、店内換気のための大型扇風機がゆっくりと回っています。かすかに、ごうごうという音が聞こえてきます。

野山を吹き抜けていく、あのまぼろしの音に似ています。

日暮れのあと

冬至が近づき、日暮れが恐ろしいほど早くなった。昼が過ぎればまもなく日は傾き始め、三時をまわるころには落日の気配すら漂い始める。

雪代《ゆきよ》の住まいは街の西北部に位置していた。裏側には小高い丘陵が連なっている。丘の向こうに沈む太陽が、真っ先に蔭《かげ》を作る界隈《かいわい》である。そのため冬場の日照時間は極端に短くなった。

夕方と呼ぶにはまだ早すぎる時刻だというのに、冬の陽は何かに追いたてられてでもいるかのように、丘の上の雑木林の向こうに姿を隠した。たちまちあたりには、しんしんと滲《にじ》むような、ざらついた闇がたちこめてきた。

近所の停留所からバスを使って行けば、駅を中心に拡がる繁華街まで十分足らず。どこにでもある地方都市の、ありふれた繁華街だったが、そのあたりにはまだ、充分、太陽の光とぬくもりが残されているはずだった。

いつだって、そうなのだ。ここだけ早く日暮れていくのだ。一足早く夜がきてしまうのだ。

そう思うと雪代はわけもなく腹立たしく、切なくなる。まるで、そこに根を張り、棲《す》みついている今の自分を象徴することのように思えてくるからである。

この季節に植木屋を呼べば、五時を待たずに「では奥さん、今日はこのへんで」などと言ってくる。出してやったおやつをきれいに平らげてから一時間もたっていないというのに、暗くなってきたからというだけで、そそくさと引き揚げて行く。

今日もどうせ、その調子なのだろう、と思いながら、雪代はちらちらと庭のほうを見ていた。勝手に作業時間を短縮するくせに、夏場と変わらない料金を請求してくるのだから、まったく腹がたつ。

春の剪定《せんてい》、夏の草刈り、冬に入る前の落ち葉掃除と木々の防寒対策など、一年を通して植木屋に頼みごとをすることが多かった。

両親が長年住み続けていた小さな家は、雪代が相続した時点ですでに老朽化していた。無理をして補修を重ねたところで、いつまでここに元気に住んでいられるのかわからない。自分が死ねば、自動的に娘のものになるのだから、あとは壊すなり建て替えるなり売り飛ばすなり、好きなようにやってくれればいいと思って、そのままにしているが、庭だけは別だった。

公立高校の校長を長く務めていた父親が、こよなく愛していた庭だった。酒もたばこもやらず、ゴルフ、麻雀、囲碁将棋、その他のつきあいにも一切興味を示さず、女などもってのほか。口数が少なく、何を考えているのか、さっぱりわからないところはあったが、もくもくと庭の手入れに没頭している父の後ろ姿が、雪代は好きだった。人生の煩《わずら》わしいこと、侘《わび》しいことから解放され、独りでのびのびと寛《くつろ》いでいるように見えるからだった。

田舎町のことゆえ、地価はめっぽう安いが、敷地の広さはちょっとしたものだった。父が各所から集め、手塩にかけて育ててきた木々の佇《たたず》まいは、見物料をとって公開し、その趣味のよさを自慢したいほどだった。

真冬に花開かせる生け垣の山茶花《さざんか》、早春の梅の木、桃の木、鮮やかな黄色いミモザ。やがて白いコブシの花が開いたかと思うと、次いでウワミズザクラ、ガマズミの白い小さな花が、暖かな風に揺れ始める。

梅雨どきには見事な紫陽花《あじさい》、夏には夾竹桃《きょうちくとう》や芙蓉《ふよう》の花が光に照り映《は》え、秋は萩の花に続いて、モミジや楓《かえで》が一斉に色づく。冬に向かう冷たい雨にうたれて、庭に埋まった飛び石に文様を描く色とりどりの落ち葉の美しさは、比類がなかった。

父にこよなく愛されて育った一人娘の雪代にとって、父が遺した庭は父の心、父の幸福、父の安らぎが染みわたっている庭だった。自分が生きて元気でいる限り、何があろうと庭の手入れだけはおろそかにするまい、と雪代は心に決めていた。

庭のことで頼みごとをする植木屋は、昔から決まっていた。杉山《すぎやま》造園、という名の、家族経営の小さな造園屋だが、このあたりでは有名である。代々、世話になっている、という家も少なくなくて、雪代の両親も何かというと杉山を呼びつけていた。

もっと早く落ち葉掃除の予約をしておくべきだったのが、雑事に追われているうちに、十二月も半ばにさしかかってしまった。電話口に出たおかみさんからは、予約がいっぱいでたてこんでいる、と申し訳なさそうに言われた。二十九日か三十日だったら伺えそうなのですが、とのことだったが、大晦日《おおみそか》を目前にしてやって来られるのも煩わしかった。

なんとかしてもっと早く来てもらえないかしら、と雪代が言外に両親が贔屓客《ひいき》になっていたことを匂わせながら頼みこむと、おかみさんはかなり困った様子だったものの、やがて「承知いたしました」と言ってくれた。

その日、杉山造園からやって来たのは、雪代が初めて見る青年だった。

まだ二十代なのだろう。短かく刈った髪の毛の前髪部分だけ伸ばし、パーマをあてて尖《とが》らせた上、派手な虹色に染めている。ぎょろ目で丸顔。小柄だが筋肉質の身体つきをしており、作業服の上からも、胸板の厚さや腰の大きさがはっきりと見てとれた。

雪代に向かって挨拶《あいさつ》するなり、自分は杉山家の三人兄弟の末っ子であること、これまで親の仕事につくつもりなど毛頭なかったのが、いろいろあって心を入れ換え、兄たちと共にがんばる気になった、一生懸命やりますので、よろしくお願いします、と聞かれもしないのに自己紹介し、ぺこりと頭を下げてきた。

どことなく心もとない感じもしたが、落ち葉掃除などシロウトでもできることであり、雪代とて、年がら年中、腰やら頸椎《けいつい》やらの痛みに悩まされていなかったら、このくらいのことは一人でやれないこともない。前かがみになったり、中腰になったり、腰や背中に響くような姿勢をとりたくないからこそ、造園屋に頼むのであり、経験の浅い者を送り込まれたからといって、問題にするようなことは何ひとつなかった。

青年はこれまで造園屋の仕事など、鼻もひっかけていなかったようだが、それにしては血筋なのか、動きは終始、てきぱきしており、仕事ぶりも丁寧だった。おまけに熱心で、あたりが暮れなずんできても、梯子に登り、樋《とい》にたまった枯れ葉掃除の手を休めずにいる。

暗くて見えづらいだろうと思い、雪代が庭に面した部屋の明かりを灯してやると、「どうも」とガラス越しに微笑しながら、軽く頭を下げてきた。南米あたりの珍しい鳥みたいな頭をして粋《いき》がってはいるが、感じのいい青年だ、と雪代は思った。

帰り支度を始めた彼が、庭先で黒地のバインダーを手にし、室内にいた雪代に向かって「ちょっといいですか?」と聞いてきた。

雪代はたてつけの悪いガラス窓を開けた。まだ五時前だというのに、すでに夜のようなとばりが降りている。どこかの家の厨房から漂ってくる、甘辛い煮物の香りが嗅ぎとれた。

「今日のところはこれで終わります。作業報告書を持って帰らなくちゃならないんですが、ここにサインをお願いできますか。ハンコでもいいです」

「じゃあ、玄関にまわってくれる? そこの枝折《しお》り戸をくぐって、すぐ右側だから。あら、でも、ちょっと待って。あそこんとこで落ち葉が山になってるじゃないの。あれ、持ってってくれないの?」

「すみません。明日、また伺うということにさせてもらいたいんです。今日中に全部終わらせる予定だったんですけど、思ったより量が多かったんで、積み残しができちゃって。残りは明日、まとめて持って行きますから」

積み残しができたから、と言って、明日また来て、二日分の料金をとるつもりなのか、と雪代が思ったとたん、まるで心の中を見ていたかのように、男は「もちろん、明日の分はサービスにさせていただきます」とつけ加えた。

玄関にまわって来た青年から、雪代はバインダーを受け取った。「担当者」の欄には、すでに「杉山大樹」というサインがしてあった。たいき、と読むのか、いかにも造園屋らしい、いい名前だ、と思いながら、雪代は「長谷川《はせがわ》雪代」と署名をし、ボールペンと共にバインダーを彼に戻した。

杉山大樹は返されたバインダーに目を落とすなり、何かに驚いたのか、小さく声をあげた。

雪代は童話作家として、これまで何冊か童話の絵本を出版してきた。自分の作品のために絵を描くこともしばしばある。英米の児童文学書の翻訳も引き受ける。一般的な知名度は低いが、まったくの無名というわけでもない。長くやってきた分、その世界では少しは名が知られている。だが、長谷川雪代でネット検索しても、ヒットしてくる情報は数えるほどしかなかった。かれこれ二十年ほど前、中堅の出版社が主催する「絵本文化大賞」というささやかな賞を受賞した際の、まだ今よりも少し若かった雪代が雛壇《ひなだん》に上がり、しどろもどろにスピーチしている時の不鮮明な画像を見ることができる程度だ。

インタビューを受けるのは大の苦手だったし、そもそも雪代にインタビューの依頼など、めったに入らない。したがって、雪代に関する記事はネット上、ほとんど何も検索されなかったし、童話や絵本に詳しいとも思えない彼が雪代のことを知っているはずはなかった。

「なぁに？　どうかした？」

青年は「いえ、すみません」と照れたように言った。「……ちょっとびっくりして。お名前、雪代さんなんですね」

「そうだけど」

「僕、雪の字が入ってる名前に反応しちゃうもんで。雪が好きだから。……いいお名前ですね」

まだ若いくせに、七十二にもなった女にありふれた世辞を言うなど、この子はいったい何ものなのか、と雪代は少し胡散臭《うさんくさ》く思った。

「雪山登山？　それともスキーが趣味、ってこと？」

「別にそういうことじゃないんですが」

「雪なんか、このへんじゃ、めったに降らないでしょ。降っても粉雪」

「いえ……あの……僕には恋人がいまして、その彼女の名前に『雪』っていう文字が入ってるんです。それで……」

雪代は目を丸くし、両方の眉を上げながら、次いで呆れたように軽く吹き出してみせた。「なんだ、そういうこと」

「すみません、どうでもいいことですよね」

「いえいえ、そういう話なら大歓迎よ。その彼女って、なんていう名前なの？」

「『ゆきの』っていいます」

彼は「乃」の文字を宙《そら》で描いてみせた。その仕種があまりに幼く、必死な上に誇らしげだったので、雪代は微笑《ほほえ》ましく思った。

玄関先の天井につけているダウンライトは、ひと月ほど前、電気屋を呼び、明るいＬＥＤ電球に換えてもらったばかりだった。こぼれるような光の中で、彼の虹色に染まった、小さなたてがみのような前髪が揺れていた。

「雪乃さん……か。素敵な名前ね。いいわねえ、若いって。じゃあ、あなたはこれから、その雪乃さんって方と結婚して、杉山造園でばりばり働く職人さんになるんだ」

「そうしたいと思ってるんですけど、どうなるかわかりません」

「結婚するから、お父さんの仕事を継ぐことにしたんじゃないの?」

「それもあるんですが、でも、その前に、彼女との結婚、うちの家族が百パー、許してくれないと思うんで」

「あら、なんでよ」

「どう考えたって、難しいから」

「いまどき、親や家族が何が何でも反対する結婚なんて、ある?」

「ありますよ」

わかった、と雪代は声をひそめながら言った。「雪乃さん、人妻なんでしょ」

「いいえ。結婚歴はあるけど、今は独身です」

「だったら全然問題ないじゃない」

彼は軽くため息をついた。「いや、そうはいかないんです。……年齢の問題。僕と年が離れすぎてるもんですから」

「年上の女性?　いいじゃないの」

「彼女、還暦過ぎてるんです。今年で六十四歳。で、僕は今年、二十六歳」

ふいに雪代の中で、小さな焔《ほのお》が立ち上がった。聞きたいこと、知りたいことが野火のように燃え拡がっていった。

二十六の若い男が、六十も半ばになろうとしている女を相手に、まがりなりにも真剣な恋をしている。彼は母親よりも年上であろう女との結婚を考えている。あり得ないことではない。文学や映画の中では、ごくたまにではあるが、お目にかかる設定だ。とはいえ、現実にそんな関係を紡いでいる人間を目の当たりにするのは初めての経験だった。

久しぶりに覚える少女めいた好奇心が、雪代の中にひたひたと熱く拡がっていった。

「すごいのねえ。勇気があるのねえ。勇気、っていうのとも違うかな。本気で惚れちゃった、ってことなのね」

「そうなんです。結婚は一筋縄ではいきそうにないですけど、彼女と自分に限って言えば、別に結婚なんか……」

そこまで言って、大樹は突然口をとざし、表情をこわばらせた。玄関の外から高らかな足音が聞こえてきた。ハイヒールがコンクリートの路面を打つ、規則正しいコツコツという音。ひとつも乱れのない、メトロノームが刻む正確なリズムのような足音……。

娘の梢《こずえ》が今日は早く帰宅する、と言っていたことをすっかり忘れていた。翌日の朝出発で、一泊二日の大阪出張だったことも同時に思い出し、雪代は我に返った。

一事が万事、生真面目な梢は、ストップウォッチを体内に内蔵して生きているのではないか、と思われるほど規則正しい。自分で決めた予定が狂うことを病的に嫌う。

早く帰宅する、ということは、早く夕食を食べ終え、ぬかりなく出張の準備を整え、早めに休む、ということだった。夕食の支度をするどころか、何を作るか、何も考えていなかった雪代は、なじみのある緊張感に包まれるのを感じた。口うるさい娘から厭味《いやみ》を言われるたびに、ただでさえ短くなった寿命がすり減っていくような気がする。

玄関の古びた木製のドアが、ひと思いに大きく開かれた。ふわりと風が立った。梢が中に入ろうとして、一瞬ぎくりと足を止め、目の前にいる青年と雪代とを交互に見つめた。

露骨に訝《いぶか》しむような表情が、肌はきれいなのに色彩にとぼしい、化粧のうすい顔いちめんに拡がった。細い黒縁の眼鏡の奥で、上目づかいの目が青年を意地悪そうに値踏みしているのがわかった。

「おかえり」と雪代は明るく声をかけた。

ひんやりと冷たげな整った顔だちで、親の欲目もあるかもしれないが、見ようによっては美人である。四十六という年齢より遥かに若く見える。

だが、残念なことに娘は当世風の洒落《しゃれ》っ気というものに欠けている。必要もないのに自分を飾りたてることを異様に嫌うせいで、せっかくの器の美しさを台無しにしていた。つややかな黒髪をひっつめて首の後ろでまとめ、そっけなくゴムで括《くく》り、背中に垂らしている。笑うことが少ないせいか、口がへの字を描いている。

「今日は庭の落ち葉掃除を頼む、って言ったでしょ。こちら、杉山造園さん。さっき終わったとこ。明日の朝、もういっぺん来て、残りの落ち葉を引き取ってくれることになったの」

「そう」と梢は言い、青年のほうを見もせずに陰気な声でつけ加えた。「それはご苦労さまでした」

青年は梢に向かって頭を下げるなり、慌てたようにバインダーの上の複写式になっている紙を一枚、剝《は》がして雪代に手渡した。

「これが今日の分の作業報告書になります。明日は九時ころに伺いますので。ではこれで失礼します」

青年が出て行くと、梢はまるで不審者でも見たかのような目つきを崩さぬまま、玄関扉に施錠した。「見かけない顔ね」

「あそこの植木屋、三人兄弟だったでしょ？　その末っ子なんだって。これまではその気がなかったんだけど、お兄さんたちと一緒に店を継ぐことにしたんですって。仕事に関してはまだ新人みたいね」

「だからって、なんでうちによこすのかしら、そんな新人を」

「私が落ち葉掃除を頼むのが遅すぎたのよ。予約でいっぱい、って言われちゃったの。うちは旧《ふる》くからのなじみだから、忙しい中、おかみさんが無理してあの子を送りこんでくれたみたい。植木の剪定なんかはまだ難しいだろうけど、落ち葉掃除だったら、誰だってできるんだしね」

「どうだか」梢はさも不機嫌そうに、着ていた紺色のコートを脱いだ。「おかしな髪形しちゃって。植木屋として人のうちに来るんだったら、もっとまともな頭にすべきでしょ。できそこないの、箸にも棒にも引っかからない、お荷物の息子だから、枯れ葉掃除くらいやらせよう、って、送り出されてきただけなんじゃない?」

「まじめにちゃんと仕事して、すごく感じのいい人だったわよ。やあね、梢ったら。何をそんなに……」

「お母さん、人がいいから心配してるのよ」

「どういう意味よ」

「ああいう、わけのわかんない、頭の毛をとんがらせた若い子につけこまれやすいところがある、って言ってんの。どうせお昼にせっせとお茶出したり、おやつの時間になると、お菓子出したりして、世間話につきあってやったりしてたんでしょ」

「したわよ。それのどこが悪いのよ」

「お人好しで世間知らずの、やりやすいおばあさんだと思われたに決まってる。今は職人たちにお茶とか出す必要のない時代なんだから。いいつもりで昔ふうの心遣いなんかみせてたら、そのうち、噂が広まって、オレオレ詐欺の被害に遭わないとも限らないんだから」

「ばかね。なんで植木屋の息子がオレオレ詐欺をやんなきゃいけないのよ」

「まあね、詐欺まで言うと言い過ぎかもしれないけど、そこまでいかなくたって、小遣いをせびってくるかもしれないじゃない。ああいう連中は、お人好しのおばあさんに甘えてみせるのが上手いのよ。やだやだ。心遣いが小遣いで消えるわけだわね」

梢は自分の言った語呂合わせが可笑《おか》しかったらしく、珍しく肩を揺すって低く笑った。

雪代は笑わなかった。やりやすいおばあさん、と言われたことが気にいらなかった。お人好しのおばあさんに甘えて、というひと言はもっと気にいらなかった。

老いたことは認めるし、残り時間が刻一刻と目減りしていくことも知っている。日々、老いのありさまのひとつひとつに自分でも呆れ、驚いている。だが、だからといって、老婆、老嬢、高齢者という、聞き飽きてうんざりするような単純な括りの中だけで語ってほしくない。

お母さん、最近ぼけてきたんじゃないの、と小馬鹿にしたように言われるのはしょっちゅうだった。梢は雪代のちょっとした記憶違い、物忘れを大仰に騒ぎたてる。

自分が仕事の約束の日にちを完全に一日間違えたまま、前の日に打ち合わせ会食のための料亭に行き、予約が入っていないことに腹をたて、鬼の首でもとったように先方に連絡して苦言を呈した、という、ふつうなら穴があったら入りたいほどの恥ずかしいことをしでかしても、人間だからそういうことくらいある、と言ってすませるのに、雪代が、つきあいのなくなった出版社の編集者の名前を思い出せなくなっただけで、やれニンチだぼけだ、と騒いで小馬鹿にする。

いちいち歯向かうと、向こうの思うツボになるので放っておくが、虫の居所によっては、腸《はらわた》が煮えくり返ることもある。

梢にとって母親など、「老婆」「高齢者」「今はまだいいが、そのうちあちこちにガタがきて面倒をみなければならない厄介《やっかい》もの」であるに過ぎない。母親が長谷川雪代という名で、まがりなりにも童話作家として生きてきたこと、かつては人並みに恋愛を繰り返し、性の悦《よろこ》びと疼《うず》きの中を駆け抜けてきたこともある、という事実が、梢の頭の中をよぎったこともないのは明らかだった。

老いの先にあるものは死のみ、ということを荘厳な真実として受け入れているふりはできる。人生を達観している演技をすることくらい、たやすいことだ。

だが、そのかたわら、毎朝毎晩、休むことなく死を見つめているのである。死は、常に頭から去っていくことがないのである。

それでも、何食わぬ顔をして生活を営んでいる。笑って明日の話をしている。来年の予定、二年後三年後の予定を立てている。そんな自分の気持ちが娘になどわかるわけがない、と雪代は思う。

娘は童話の世界に何の興味も示さない。母親が書いた『森のくまさん』の絵本のページもめくったことがない。雪代に言わせれば、ただの冷たいリアリストだった。

どうして自分のような、ごくふつうの感性をもった、鷹揚《おうよう》な性格の人間から、こんなに堅苦しい、神経質で面倒くさい、優しさや情緒のかけらもない娘が生まれたのか、雪代には未だに納得がいかない。

よほど、あの杉山造園の青年が、還暦を過ぎた女性と真剣につきあっている、結婚も考えているようだ、という話をしてやろうか、とも思った。

娘の反応は容易に想像できる。お母さん、まさか自分も相手になってもらえると思ってるんじゃないでしょうね。還暦過ぎと七十二を同列に並べて。ああ、いやだ。還暦も七十二も、どっちもどっちよ。そんなことより、お母さんの年でまだモテたい、っていうのが気持ち悪いの。申し訳ないけど、想像するだけで吐きそうになるの……。

言われればむかっ腹がたつ。口論に発展していくに決まっている。互いが互いを生理的な憎しみに満ちた目で見ることになってしまう。

だから杉山造園の三男坊と還暦過ぎの女性との恋愛話は、決して梢の耳に入れてはならない、と雪代は思った。悪くすれば梢はその場で杉山造園に電話をかけ、おかみさんを呼び出して、明日以降、もし来てくださるんだとしても、作業は末の息子さん以外の方でお願いします、などと言い出しかねない。

いつのころからか生涯独身でいることに決め、恋人どころか、男友達の一人もいたためしのない梢は、世間で交わされる男女の話を病的に嫌っていた。それらは不潔で、不純で、下品で不健康きわまりなく、度し難く無教養な人たちの間にしか起こらないこと、と決めつけている。

梢にとって、肉体ほど不潔なものはないのだった。だが、どれほど不潔、不浄なものであっても、生殖活動は人類存続のために不可避なものである。そうである以上、生殖はすべて人工授精に頼るべきである、というのが梢の大まじめな、雪代に言わせれば馬鹿らしいことこの上ない持論だった。

自分の育て方が悪かった、とは思わない。それを言うなら、産んだこと自体が悪かったに違いないのだが、今さらそんなことを悔やんだところで埒《らち》が明かないし、意味もないから、雪代は努めて深く考えないようにしている。

雪代は、当時の言い方を借りると「未婚の母」として梢を出産した。一九七六年、雪代が二十六歳の時のことで、相手は、大学時代の先輩、ひとつ年上の会社員だった。雪代の妊娠を知った彼はかねてから予定していた通り、会社に辞表を提出。必ず連絡するから、と言い置いて、バックパッカーとしてインドに渡り、気がつけば音信不通になっていた。

そうなるだろうとわかっていたことでもあった。泣こうが喚《わめ》こうが、後戻りできない事実を突きつけられた雪代は、自分でも驚くほど早く腹を括った。

子どもを始末するつもりはなかった。ちらとでも考えたことがないと言えば嘘になるが、何事につけ、運命には抗《あらが》わずに生きていきたかった。

困ったことがあるたびに、水の流れに身を委ねてきた。それが正しいことなのか、そうでないのかはわからない。もしかすると、とんでもなく傲慢な生き方なのかもしれない。だが、それこそが昔からの雪代の流儀だった。

孕《はら》んだのであれば、産んで育ててみるのも面白いに違いない、と思うことにした。実際、思い悩んでいる暇はなかった。腹の中の胎児はどんどん成長していき、毎日、やらねばならないことが山のように押し寄せてきた。頭の芯が常にぼんやりしていた。怒りも後悔も絶望もすべて中途半端なまま、時間だけが流れていった。

赤ん坊の父親と連絡がとれなくなってしまった時と同様、同じようにはたと我に返ると、雪代のそばで、生まれたての女の赤ん坊が、猿のように紅い顔をし、この世のすべてを蹴散らさんばかりに、ふんぞり返って泣いていたのだった。

翌日は朝早くから雨もようだった。

昨日、積み残した落ち葉が雨に濡れてしまったら、運ぶのが大変だろう、と気をもみながら、雪代は出張に出かけて行く梢を見送った。今晩、この子の陰気な顔をみなくてすんで、せいせいする、と思いつつも、小雨降る中、傘などさしかけてやりながら、玄関の外まで見送りに出て、気をつけてね、寒いだろうから、あったかくして寝るのよ、などと甲斐甲斐しく声をかけている。梢の性格を作ったのは、やはり自分の育て方の問題だったのだろうか、と雪代はふと思った。

朝刊にざっと目を通し、朝食の後片付けをすませたころ、外に軽トラックが止まる気配があった。厨房の小窓を開けて覗いてみると、「㈲杉山造園」と車体に書かれた鼠色のトラックから、昨日の青年、杉山大樹が降りて来るのが見えた。

カーキ色の作業着に、紺色の野球帽を目深《まぶか》にかぶっている。虹色にそそりたった前髪は帽子の中に押し込まれていて見えなかった。

雪代が外に出ていくと、大樹は「おはようございます」と言って帽子をとり、頭を下げた。ふさふさの、虹色の前髪が姿を現し、霧雨の中、たてがみのように左右に揺れた。

「あいにくのお天気になっちゃったわね。大丈夫?」

「あ、全然、平気です」

「濡れた落ち葉って、始末しにくいんじゃない?」

「そんなことないです。ちょっと重たくなりますけど」

「濡れ落ち葉、っていうけど、ほんと、その通りよね。いろんなところにひっついて離れなくなるし。……あなたの年だと、濡れ落ち葉なんて言葉、わからないかもしれないけど」

「わかりますよ。どこにも行かずに家にいて奥さんのあとを追っかけてる、定年後のだんなさんのことなんかを言うんでしょう?」

雪代は高らかに笑った。「よく知ってるのねえ」

「そういうことは全部、彼女が教えてくれますから」

束の間、何をどう言おうか、と迷ったが、雪代は思いきって訊《たず》ねた。「ね、今日のこの仕事終えたら、次は何時にどこに行くの?」

「今日はこちらのお宅の仕事が終わればフリーです」

「そのあと、誰かと約束か何かしてる?」

「別にないですけど」

「だったら、終わったあとで、ちょっとうちにあがって、コーヒーでも飲んでいかない? あのね、正直に言うと、昨日の話の続き、聞きたいの。いいかな」

いい年をして図々しすぎる申し出だとは思ったが、悪い気持ちにさせることはないはずだった。

彼は少し驚いたふうだったが、すぐに邪気のない笑顔を作ってうなずいた。「いいですよ。でも、このこと、何かにお使いになるんですか?」

彼は自分から話したがっていたのだ。

「使う、って?」

「おふくろからゆうべ、こちらの長谷川さんの奥さんは、本を書く方なんだ、と教えられました」

「本……？」

「あ、おかしな言い方してたらすみません。昨日も、庭に面した窓から部屋ん中が見えて、あれは書斎なのかな。本がたくさんあったんで……そっちのほうには疎いんで、よくわからないんですが、本を書く方だったら、取材みたいなこともするんだろうな、って」

雪代は、自分が子ども向けの絵本を書いたり、海外の童話の翻訳をしたりしていることを打ち明けた上で、話を聞きたいといっても、それは仕事とは何の関係もないこと、個人的に興味があるだけであり、だからといって誰彼かまわず人に話そうなどと思っているのではないことを伝えた。

「隠してることでもなんでもないですから」と彼はにこやかに言い、トラックの荷台にかけられていた青いビニールシートを取り外した。「いいですよ、喜んで」

朝方は霧のようだった雨が、少し強くなってきた。ぱらぱらとビニールシートの上で音をたてている。甘いような土の香り、濡れた枯れ葉のにおいがあたりいちめん、漂った。

雨に濡れながらの作業になったが、杉山大樹は庭にこんもりと堆《うずたか》く積み上げていた落ち葉を巨大なビニールシートにのせ、引きずり、トラックの荷台に運び続けた。みるみるうちに荷台は落ち葉でいっぱいになった。

運び終えると、そのへんでもう充分、と思うのに、彼は庭木の一本一本を確認し、伸びた枝先を軽く切り落としたりし始めた。雨足はどんどん強くなっていき、かぶっていた野球帽はすでにびしょ濡れだった。

たまらなくなって雪代は窓を開け、「早く中にお入んなさいよ」と声をかけた。「玄関にタオル、置いてあるから。それで拭いて。風邪、ひいちゃうじゃない」

「ありがとうございます！　今、行きます！」と彼は言い、小走りになりながら玄関にまわってきた。

カーキ色の作業着は防水仕様になっており、水滴を弾いていたが、頭のほうはシャワーを浴びた直後のようになっていた。そのまま、犬のようにぶるぶると頭を震わせたら、玄関中に虹色の飛沫が飛び散るに違いない、と雪代は思った。

雪代が渡したタオルで頭を拭き、濡れた足先を拭き、申し訳なさそうに身体を縮めつつ、大樹は遠慮がちにリビングルームに入って来た。

椅子を勧め、淹《い》れたてのコーヒーを注いだマグカップを手渡した。大樹は両手を温めるようにしてカップをもち、うまそうにすすった。「ああ、おいしいです」と目を細めた。

「ケニアのコーヒー豆なの。苦すぎなくて、酸っぱすぎなくて、フルーティーな甘みもあってちょうどいいから、最近のマイブーム。私、コーヒー大好きだけど、濃いのが苦手なのよ」

「僕もです。濃すぎるやつを飲むと、その日の体調によっては、頭が痛くなったり、吐き気がしてきたりする」

「そうそう、私も同じ」

「それってカフェインで自律神経が乱れるかららしいですよ。雪乃がそう言ってました」

雪代は微笑した。「雪乃さん、なんでも知ってるのねえ」

「そりゃあもう。人生経験が豊富な人ですから。僕なんかよりずっと頭がいいんです」

灯油ストーブの上のやかんから、湯気が上がっている。色とりどりのパッチワークだの、ラグマットだの、床にはびっしり、様々な敷物を折り重ねて敷いている。温かみのある室内である。

梢は、ごちゃごちゃしたインテリアは大嫌いだというが、この家が自分の家である限り、雪代は娘の趣味に合わせるつもりなど、毛頭ない。娘も不承不承、それを受け入れている。

雪代は天気の話でも始めるようにして、あっさりと問いかけてみた。「雪乃さんとはどうやって知り合ったの？」

口をつけていたコーヒーを一口、大急ぎで飲みこむと、大樹は「フーゾク」とあっさり答えた。

「え？」

「風俗です。雪乃は風俗嬢なんで」

雪代が目を瞬かせているのを受け止めるようにしながら、大樹は「ほんとです」と言った。

「現役の風俗嬢なんです。今もやってます。六十四で風俗なんて、おかしいかもしれないけど」

「私、そっち方面には全然詳しくないんだけど、その……つまり、六十四っていうと、その世界では相当の高齢になるわよね。それ専門のお店があるの？」

「高齢女性しか置いていない店もあるみたいですけどね。でも、彼女がいる店はふつうの店です。大半が若い子ですね。もちろん、彼女が一番年上」

「じゃあ、あなたがその店に行って、それで知り合ったということ？」

「そうです」

「指名、っていうの？　あらかじめ、この人がいい、って選んだの？」

「いえ、そういうことはしなかったです。僕、別に老け専じゃないですから。あ、老け専、ってわかります？」

雪代は小さくうなずいた。「知ってるけど」

「年取った女の人がいい、だなんて、思ったこともないですし。若けりゃいいとも思いませんけどね。そもそも、特に風俗が好きだったわけでもなくて。金もなかったから、しょっちゅう、そんなとこ、行けませんよ。ただ、ちょっとクサクサしてた時期があって。一年くらい前です。酒がのめない体質なんで、どうやってまぎらわせたらいいか、わかんなくて、破れかぶれみたいになって遊びに行って、ふらっと入った店だったんです。そしたら、若い子が全員、出払ってるとかで。店側から、熟女でもいいか、って聞かれて。別に何だってかまわない、って答えたら……現われたのが彼女だったんです」

彼が堰《せき》を切ったように話し始めたのは、そこからだった。雪乃は店では年齢を偽っていたこと。当時、実年齢が六十三のところ、四十八と言っていたのだが、女性の年齢など、言われなければはっきりわからなかった彼には、もう少し若く感じられたし、違和感など何もなかった、ということ。

もともと、秋田で小料理屋を営んでいたのが、賭け事に夢中だった夫の借金が嵩《かさ》んで店がうまくいかなくなった。すったもんだの末、離婚。店を畳み、周囲の目から逃れるようにして、単身、上京してきた。東京でまた小料理屋を始めようと思ったまではいいが、借金を重ねたせいで、瞬く間に返せなくなった。一時は山手線に飛び込むことも考えたが、死ねるだけの勇気があるのなら、と思いきって風俗店のドアを叩いた。

堕ちるだけ堕ちた、と悲観した。悲鳴をあげそうなほど、毎日が孤独だった。だが、多くを求めず、自分を受け入れて懸命に働き、思っていたよりも早く借金を返せるようになると、気持ちが次第に落ち着いてきた。このまま、働ける間はこの仕事を続けたい、と思うようにもなった……。

大樹が彼女と出会ったのは、彼女がすっかり借金の返済を終え、指名があれば客の相手をするだけで時が流れていくような、穏やかな毎日を手に入れたころのことだったという。

雪代はコーヒーが冷えてしまったことも忘れて話に聞き入った。黙っていたのは、何をどう言えばいいのか、わからなかったからだが、大樹はその、雪代の沈黙を誤解した様子だった。

「すみません。超くだらない話ですね。こんな話、聞いてもちっとも面白くなんか、ないですよね」

雪代は大急ぎで首を横に振った。「何言ってるの。面白いとか面白くないとか、そういう次元の話じゃないでしょう。すごい話よ。なんて言ったらいいのか、わからないから黙ってるだけ。本当は聞きたいことがいっぱいあるんだけど」

「……だったらよかったです」

「ちょっと質問していいかな」

「なんでもどうぞ」と言ってから、大樹はふと生真面目な口調でつけ加えた。「ただし、雪乃に失礼にあたるようなことだけは、ちょっと答えられないと思いますけど」

雪乃という女性の肉体について、若い女の子に比べて、老いはどの程度進んでいたのか、たるみ、皺《しわ》、肌の張り具合、乳房や性器そのものの衰えぶり、快楽の有り様、その老練な技巧の数々に対する、若い彼の感想など、訊くつもりはまったくなかったし、訊きたくもなかった。

だが、この青年は、私が一番知りたがっているのはそれだろう、と思っているのかもしれない、と雪代は思った。それだけを知りたいがために、家にあげてコーヒーをふるまっている、と思われているのかもしれない。そして事実、その通りなのかもしれない。

そう考えたとたん、雪代は急に、わけのわからない落ち着きのなさに襲われた。それはまるで、全世界から取り残されてしまった時の虚しさにも似ていた。

正面きって身体を張り、性を売り続けてきた、老いの入り口にさしかかっている女が、思いがけず若い男の純愛を獲得した。そのことに自分は嫉妬しているのだ、そうに違いない、と雪代は哀しい気持ちで思った。

いたたまれなくなり、作り置いていたコーヒーを温め直そうと立ち上がった。雨は小やみになり始めていた。どこかでヒヨドリが鳴く甲高い声が聞こえた。

コーヒーポットが充分に温まるのを待つ間、菓子の缶を開け、数枚のクッキーを取り出して小皿に並べた。シャインマスカットを数粒添え、コーヒーと共に大樹に差し出した。大樹は上気した顔に笑みを浮かべ、礼を言ってそれを受け取った。

「雨、やみそうね」

「そうですね」

「落ち葉、トラックの中で、また濡れちゃっただろうけど」

「濡れても平気です。あとは捨ててくるだけだから」

雪代はうなずき、不器用に微笑を浮かべながら訊ねた。「……雪乃さんに本気で恋をしたのはいつ？」

「たぶん、信じてもらえないかもしれないんですが。ずばり、会ったその日なんです」

「その日⁉　ひと目惚れしたの？」

「そういうことになるかも」

「彼女の何がそうさせたの？」

「なんだろう」と彼は少し言葉を選びながら、窓ガラスの向こうに拡がる庭を見るともなく見た。「顔とか身体とか、全部、好みだったけど、それだけじゃないですね。かといってセックス、でもない。雰囲気、かな」

「雰囲気？」

「なんて言えばいいのか……自分がすごく孤独なのに、人のことをあったためてくれるみたいな？すごくさびしいのに、たくましい、みたいな？　僕がわからないこととか、疑問に思ったことがあると、どんなにつまんないことでも、こっちが理解するまで、きちんと言葉で説明してくれるんです。もう、全部、若い女の子にはないものだらけで。一緒にいるだけで眩しくて、頭がくらくらしてきて……」

「そういうことが、短い時間でわかったのね？」

「短い、ってわけでもないです。時間延長してもらったから。離れがたくなっちゃって。めちゃくちゃ金がかかるのはわかってたけど、そんなのどうにでもなる、と思ったし」

「それで、お店に通いつめることになったわけだ」

「僕、プーでしたから。プータロー。時々バイトはしてたけど、基本、金なかったですからね。仕事する気もなかったし。だから、もう、大変でした。堂々とお客として行けたのは三度しかないです。友達や兄貴に嘘言って、金を借りて行きました。でも、そんなことしてたって、限度があるじゃないですか。三度目に行った時、金がないから、もう、来られない、って言ったら、雪乃が、じゃあ、うちにいらっしゃい、って言ってくれて。それからは、彼女のアパートで会えるようになりました。ヒモになるつもりは全然なかったです。それだけは絶対いやだった。だから同棲はしなかったんですけど、しょっちゅう通ってました。今も、です」

「でも、でも……」と雪代は戸惑いながらも先を続けた。「雪乃さんは、たぶん、あなたのお母さんよりも年上なのよね」

「おふくろは今、五十八だから、おふくろよりも上です。でも関係ないですよ。……そうじゃないですか？」

　空が明るくなっていた。窓辺に長く光が射し始めた。大樹が前日、掃除してくれた雨樋から、雨滴がぽとりぽとりと静かに落ちていくのが見えた。

「彼女、もうすぐ店を辞めることになったんです」と彼は言い、手にしていたマグカップをそばの小テーブルの上に戻した。「僕が兄貴たちと一緒に造園屋の仕事を継ぐことにしたんで、少ないけど収入のメドもたったし。どんなに貧乏でも、僕がまだ若いからなんとかなるし。風俗は女の人がずっとできる仕事じゃないですからね」

雪乃、という女のことが、雪代は心底、羨《うらや》ましかった。会ったことも見たこともないが、生身の感じがしなかった。金色の後光が射している仏のように感じられた。

つんつん前髪をたてて虹色に染めた、大人なのか子どもなのかわからない、素直でまっすぐで真っ正直な、いささか時代遅れの青年が、その仏の前に跪《ひざまず》いている。感涙にむせびながら、手を合わせ、拝んでいる。すべてを捧げている。

「昨日、玄関先で会った方」ふいに大樹が口を開いた。「……娘さんですか?」

そう、と雪代はうなずいた。「私が二十六の時に産んだ子なの。今、四十六で独身。あの子、父親がいないのよ」

「え? もしかして、亡くなったとか」

「ううん、違う。今ふうに言えば、私、シングルマザーだったの。あのころは『未婚の母』って呼ばれてたけどね。相手の男はインドに行ったっきり、帰って来なくて。連絡もつかなくなったの」

「大変だったんですね」

「そうね。赤ん坊を一人で育てるのは並大抵のことじゃなかった。いつもお金に困ってたし。母親として何をすればいいのかも、よくわからなかった。でもね、ふしぎよね。過ぎてみれば、全部、どうってことなかったような気もするの。それどころか、楽しかったかもしれない、って。そう思えるのは、私が年をとったせいなんだろうけど」

あはっ、と大樹は笑った。幼げな笑い声が続いた。

ストーブの熱で暑さを感じたのか、彼は着ていた作業着の前ファスナーを少し下げた。うすい筋肉に被われた胸元が覗き見えた。

「今のセリフ、雪乃とそっくりです。ていうか、まったく同じ」

「そうなの?」

「彼女もよく、そういうこと言います。過ぎてみれば、全部、どうってことなかった、って。そう思えるようになったのは、年をとったからだろう、って。彼女はね、早くおばあさんになりたいそうです」

「どうして」

俄《にわ》かにしんみりと笑ってから、大樹は言った。「楽になれるからだ、って。おばあさんになれば、いろんなことが本当に楽になるのがわかってるから、って。それなら早くおばあさんになってくれ、って僕は言ってるんです。早くそうなってほしい。だって、そうでしょ。雪乃には楽させてやりたいですから。これからたくさん、楽になってほしいですから。雪乃がもっともっと、おばあさんになっていくのも僕の楽しみですから」

不覚にもこみあげてくるものがあった。ふいに我知らず視界が潤《うる》んだ。雪代は慌ててうつむき、次いで勢いよく顔をあげると、マグカップを口に運んだ。

　窓から淡い冬の光が射し込んできた。ストーブの上のやかんの湯気が、光の中で陽炎《かげろう》のように揺れていた。

　雪代は青年に微笑みかけた。「私の絵本、一冊、雪乃さんにプレゼントしたいんだけど」

「え？　いいんですか」

「ちょっと待っててね。書斎に置いてあるから」

　廊下に出れば、すぐ隣が書斎である。書棚のほかに、原稿を書いたり、絵を描いたりするための細長い机がひとつ。壁際にはシングルベッド。毎晩、雪代はそこで眠る。

　娘の梢はその部屋を決して「書斎」とは呼ばない。「寝室」としか言わない。

　仕事の依頼が来なくなっても、雪代にとって「書斎」は以前と変わらず大切な心の拠り所、千々に乱れる想いを繋いでくれる、この世でただひとつの安息場であった。そういうことを梢に言って聞かせたいのだが、ろくな仕事もないくせに、むきになっているだけと思われるのが悔しくて、未だに黙っている。

　机の脇に何冊もたてかけて置いてある、正方形の絵本『森のくまさん』を手に取った。

　出版されたのは二十数年前。森に住んでいる一頭の老いたくまが、繰り返される季節の中で、様々な森の動物たちを相手に語り続ける。時折、くまは哲学者のようになる。世界や宇宙、物理や科学に関することを口にする。旧い詩について語りながら、ほろりと涙を流したりもする。

　売れたわけでも評判になったわけでもない。だが、何冊かある自作の中で、雪代がもっとも気にいっている一冊だった。

二十数年前、想像の中にたぐり寄せていた老いは、これ以上ないほど現実のものになった。ただの想像に過ぎなかった老いと現実の老いは、そのほとんどが重なっている。自分が正しく想像できていたことが、雪代には時に可笑しく感じられる。

絵本を手にリビングに戻り、大樹の見ている前で、署名を入れた。少し考えてから、「雪乃さんと大樹さんへ」と書き添えた。

大樹は興奮し、顔を紅潮させながら深々と一礼し、大げさなほど恭しく受け取った。雪乃が喜びます、と言ってくる、その言い方は長年連れ添った夫のそれを思わせた。

台所の物入れを探し、薔薇色のしゃれた紙袋を見つけて、大樹に手渡した。大樹は絵本を紙袋に入れ、壊れ物でも扱うように、両手で胸にかき抱いた。

青年を見送りがてら、外に出た。空気は冷たく湿り気を帯び、雨あがりの空に十二月の淡い光が拡がっていた。

すでに時刻は正午近くである。あと三、四時間もすれば、日は大きく傾き、あっと言う間に沈んでしまう。まだ真っ昼間だというのに、刻一刻と闇が近づいてくるのである。仕方がない。もうじき冬至なのだ。

荷台に濡れた落ち葉をいっぱいに積んだトラックの、運転席の窓がするすると下がった。大樹がつややかな笑みを浮かべながら頭を下げた。

雪代は手を振った。大樹は小さくクラクションを鳴らし、それに応えた。エンジン音と共に、濡れた落ち葉の香りが遠ざかっていった。

あたりが静まり返った。聞こえてくるのは冬の弱日の中で賑やかに囀《さえず》り続ける、小鳥たちの声だけだった。

何も見えなくなった道の先を凝視しながら、雪代は思った。

日が沈んでも月が昇る。星が瞬く。

そのことを忘れていたような気がした。宇宙はいっときの休みもなく動いている。去ったものは戻る。少なくとも代わりになるものを持ってくる。すべてが闇に帰し、無になってしまうことはないのである。

明日になれば梢が大阪出張から帰ってくる。梢のために、久しぶりに豚の角煮を作ろう。冷凍庫には豚バラ肉のブロックが入っている。今夜から煮込み始めてもいいかもしれない。

いそいそした気持ちの中で計画をたてながら、雪代は子猫のような小さなくしゃみをひとつした。

初出
ミソサザイ　「オール讀物」二〇二一年九・十月号
喪中の客　「オール讀物」二〇一八年九月号
アネモネ　「小説現代」二〇一八年十月号
夜の庭　「小説現代」二〇一九年五月号
白い月　「オール讀物」二〇一五年八月号
微笑み　「オール讀物」二〇二二年二月号
日暮れのあと　「オール讀物」二〇二三年一月号

小池真理子（こいけ・まりこ）

一九五二年、東京都生まれ。成蹊大学文学部卒業。八九年、「妻の女友達」で日本推理作家協会賞（短編部門）受賞。以後、九六年『恋』で直木賞、九八年『欲望』で島清恋愛文学賞、二〇〇六年『虹の彼方』で柴田錬三郎賞、一二年『無花果の森』で芸術選奨文部科学大臣賞、一三年『沈黙のひと』で吉川英治文学賞、二一年、日本ミステリー文学大賞を受賞。近著に『神よ憐れみたまえ』『アナベル・リイ』など。夫で作家の藤田宜永氏の闘病と死別をつづったエッセイ『月夜の森の梟』も大きな反響を呼んだ。

日《ひ》暮《ぐ》れのあと

二〇二三年六月十日　第一刷発行

著　者　小《こ》池《いけ》真《ま》理《り》子《こ》

発行者　花田朋子

発行所　株式会社　文藝春秋

〒一〇二―八〇〇八
東京都千代田区紀尾井町三―二三
電話　〇三―三二六五―一二一一

印刷所　凸版印刷

製本所　加藤製本

組　版　萩原印刷

万一、落丁・乱丁の場合は送料当方負担でお取替えいたします。小社製作部宛、お送り下さい。
定価はカバーに表示してあります。

ISBN978-4-16-391704-7